（これは……
失礼ながら、
バケモノと呼ばれる
わけだわ……）

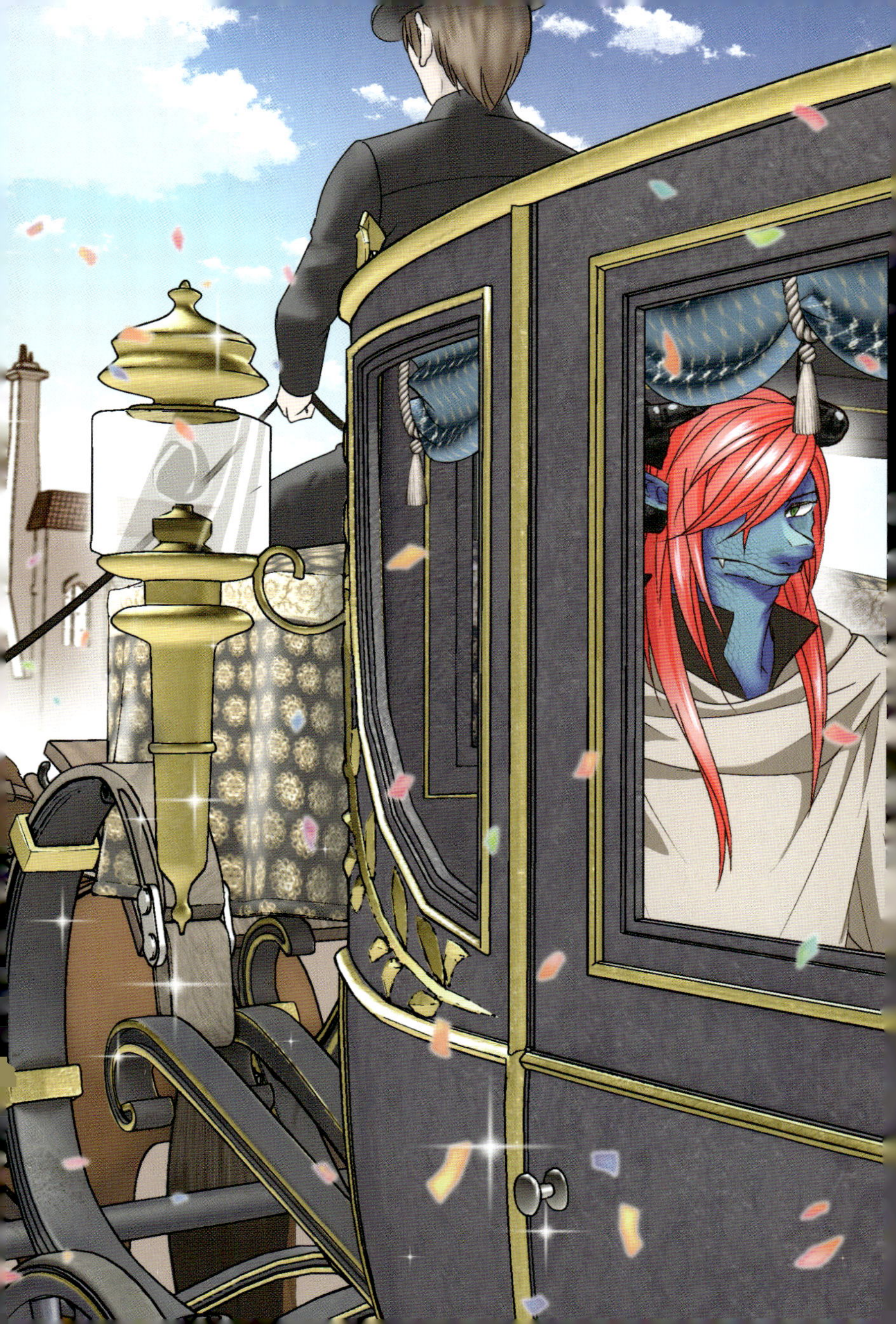

「……ラフィーナ……」
「っ!?」
前世と合わせても
人生で聞いたことのないような
甘い声が耳に響いて、
淡く全身が震えた。

転生令嬢、
結婚のすゝめ
~悪女が義妹の代わりに嫁いだなら~
tenseireijo, kekkon no susume
Beko Miito
三糸べこ
illust. 佐木田すい

CONTENTS

■１　退職勧告

「すまない、ラフィーナ。僕はカトリーナと結婚することになったから」

「……え？」


婚約者アダムの言葉にラフィーナは目を瞬かせた。

彼の隣には義妹のカトリーナが涙目で寄り添っている。さらに、カトリーナの隣に並べた椅子《いす》には、ラフィーナの両親であるオーレン侯爵夫妻《ふさい》が。

四人と向かい合うラフィーナは、ぽつんと一人、三人がけのソファに座っていた。

「どういうことでしょうか……？」

「ラフィーナ、お前、今の話を聞いていなかったのか？　我がオーレン家の娘とアルガルド辺境伯との婚姻命令が出たのだと言っただろう」

「は、はい。聞いておりましたわ」

ため息まじりに言う父にラフィーナは頷《うなず》く。

つい先日、オーレン侯爵家に王からの使者が来た。曰《いわ》く、アルガルド辺境伯とオーレン侯爵の娘との婚姻を認める、というものだった。

貴族の結婚は両家連名の嘆願書を国王に送り、承認されることが要件のひとつとなるが、そのような嘆願書は出していない。

嘆願していない婚姻を「認める」と一方的に通知が来るのは、すなわち国王からの婚姻命令と同じことだ。

国王にとって政略的に意味のある婚姻なのだろう。

はっきりとした命令ではないので断ることも不可能ではないが、ラフィーナの父はこれを受け入れることに決めていた。

「でもそれは、カトリーナが……」

オーレン侯爵夫妻は、息子には恵まれなかった。

次女カトリーナは元孤児だ。血の繋《つな》がる娘はラフィーナだけなので、ラフィーナの婿《むこ》にオーレン侯爵家を継がせることになっている。

だからアルガルド辺境伯との結婚はカトリーナがするのだと思っていた。カトリーナは養女でありながら実の娘とわけ隔てなく育てられた立派な淑女《しゅくじょ》だ。

「何を言っているのラフィーナ。心優しく清らかなカトリーナに辺境なんて無理でしょう。ましてや相手はアルガルドのバケモノ辺境伯よ」

母はカトリーナの背をさすりながら言った。

婚姻命令の下った相手はベリオン・アルガルド——通称、バケモノ辺境伯。

砂漠の主《ぬし》と呼ばれる恐ろしい魔物を倒した英雄であると同時に、魔物から呪いを受けおぞましい姿となったバケモノとして有名な南の守護伯だ。

「その点お前は、田舎《いなか》に引っ込めば大人しくせざるを得ないだろう。王都の毒花など……バケモノ辺境伯とはいっそ似合いじゃないか」

笑いまじりの父の声に、ラフィーナの手に力がこもる。

『王都の毒花』は社交界に出るようになったラフィーナの二つ名だ。

舞踏会で、晩餐会《ばんさんかい》で、あらゆる夜会で。オーレン侯爵の長女が男と二人で休憩室に入り、出てきた時には着衣が乱れていた、というのだ。

その噂《うわさ》がきっかけで台無しになった縁談も少なくはない。いつの間にかラフィーナは『王都の毒花』と呼ばれ、社交界を乱す悪女となっていた。

ラフィーナは一切《いっさい》そのようなことをしてはいない。確かにその夜会に出席していても、家族や婚約者以外の異性と二人きりになったことすらない。

だが、ラフィーナが出席していないはずの夜会でも事が起きたというのだ。

両親が実の娘を淫乱女と罵り部屋に閉じ込めた夜でも、王都の毒花は花を咲かせたらしい。

そして「懲りずに部屋を抜け出したのか」とラフィーナが叱責《しっせき》を受けた。

誰かがラフィーナの名を騙《かた》っているのだと訴えても、両親は聞く耳を持たなかった。

「お前がバケモノ辺境伯と結婚するんだ、ラフィーナ」

「でも、それでは」

オーレン侯爵家の血統が途切れてしまう。そう言い切る前に、カトリーナが涙を溢《あふ》れさせながら訴えた。

「わっ、わたしは嫌よ、絶対に嫌。アダム様と一緒にいたいの」

「カトリーナ、僕もだよ……！」

カトリーナはアダムにすがりつき安心したように微笑《ほほえ》んだ。遠慮のない二人の様子に、ラフィーナは嫌でも気づいてしまう。

(……もしかして、二人は相思相愛だったの？　だから私をこの家から追い出すために、私のふりをしていたの？)

義妹を疑いたくはない。

一人っ子だったラフィーナにとって、突然できた歳《とし》の近い義妹はそれはかわいいものだった。仲がよく、血縁ではないのに容姿も似ていた。事情を知らない者は実の姉妹だと信じて疑わなかったほどだ。

だから、ラフィーナにそっくりなカトリーナしか義姉の名を騙ることはできない。

「ラフィーナ……もう、あなたを信じることにも疲れたんだ。分かるだろう」

「お姉様。わたしが悪いの。ごめんなさい、でも……でも……」

「あなたは何も悪くないのよ。カトリーナはいつでも私たちの美しくて品行方正な娘でいてくれた。これからもここにいて、アダム卿《きょう》と一緒になればいいわ」

「そもそもラフィーナ、お前はせっかくの精霊術士だったのに魔法のひとつも使えない役立たずじゃないか。嫁《とつ》ぎ先《さき》で砂漠の魔物を殺し、魔核をひとつでも多く献上してみたらどうだ？　貴族として生まれたんだ、いい機会をいただいたのだと思いなさい」

四人の言葉が頭の中で反響して混ざり合う。何を言われているのか、もう分からない。

義妹がラフィーナの名を騙った理由も。

婚約者と義妹がいつから想《おも》い合《あ》っていたのかも。

どうして両親が実の娘の言葉を信じてくれないのかも。

誰もラフィーナの言葉など聞かないうちに、アルガルド辺境伯への嫁入《よめい》りと、義妹とアダムの婚約が整《ととの》った。カトリーナは本当に嬉《うれ》しそうに、幸せそうに、笑っていた。


最小限の荷物だけ持ち、南の辺境アルガルドへの旅が始まる。馬車の中で一人、ラフィーナはずっと震えていた。

件《くだん》の辺境伯は隣接する砂漠で主と呼ばれたほどの魔物を倒した英雄だ。

しかし同時に先の辺境伯である実父を殺した人でなし——まさしくバケモノでもあると言われていた。幼い頃からの婚約者もその手にかけたのだとか。

自分も殺されない保証はない。かといって、何かあってもラフィーナに帰る場所など、もうない。

——ガタンッ
その時、音と同時に身体《からだ》がふわりと浮いた。車輪が石でも踏んだのだろう。

——ゴッ
「うっ！」

浮いた身体が着地した瞬間、強《したた》かに後頭部をぶつけた。

痛みに上げた声が蹄《ひづめ》と車輪の音にかき消されると同時に、ラフィーナは意識を手放した。

＊

「ただいまー」

職場から戻り、誰もいない真っ暗な部屋に帰宅を告げる。

鞄《かばん》を置いて、手洗いとうがいをしてから冷蔵庫の中身をチェックした。

ここ何日かで出た野菜のかけらに冷やご飯、お徳用ベーコンの切り落とし。卵にケチャップもある。

夕食のメニューはオムライス一択だ。

「一週間もってよかった」

いつも節制してはいるものの、この数週間はさらに節約に励《はげ》んでいた。

明日迎える二十五歳の誕生日は少し、いやかなり特別なものになる。仕事帰りにお祝いのケーキを二個買うため、食費を切り詰めていたのだ。

「……ここまで長かった。けど、明日で失踪宣告、夢のケーキ二個買いだっ！」

取り出した包丁を握ったまま右手を突き上げた。

高校を卒業する年の秋、女手ひとつで育ててくれた母が病死した。

最期《さいご》に言い残した言葉は「幸せになって」だった。

だというのに、それから数ヵ月もしないうちに、今度は父親失踪の知らせが届いた。

幸か不幸か、父は消えただけで死亡してはいないらしい。失踪宣告と相続放棄ができるまでの七年間、戸籍上唯一の娘が、顔も覚えていない父親の借金を負うこととなった。

高校を出てすぐに働いた。

借金を返済しながら細々と暮らしていたが、それも間もなく終わる。

明日、相続放棄してからは自分だけの人生が待っている。ここまで節制するのもきっとこれで最後となるだろう。

オムライスを食べて、風呂に入り、布団に潜る。明日は早めに出社して、早めに帰宅するのだ。

（ケーキ……絶対に二個……）

ひとつはフルーツ系がいい。もうひとつはチョコか、チーズか、ミルフィーユにモンブラン、ゼリーやプリン系も捨てがたい。

幸せな悩みを抱えながら眠りに落ちる。

生活は苦しかった。仕事も楽ではなかった。しかし、貧しい日々の中でも楽しみを見出《みいだ》すことはできた。

母の遺言通り、幸せに生きてきた。

はずだった。

（苦しい）

夜中に目が覚めた。

喉がひりつく。目がしみる。呼吸が苦しい。頭が痛くて、身体が上手《うま》く動かせない。

おかしいと分かっても、どうにもできなかった。

（苦しい、苦しい、苦しい）

外がうるさい。サイレンの音が頭に響く。扉が壊されそうなほど強く叩《たた》かれていた。

何か、尋常ではないことに巻き込まれている。

（ごめん、お母さん。もうダメかも……）

借金からの解放が一区切りになるはずだったのに。明日からはもっと楽しく、もっと幸せに生きるつもりだったのに。

結局、何が起きたのか理解する間もなく、全ての思考を失った。

＊

――ガタンッ

音と同時に身体がふわりと浮いた。

――ゴッ
「うっ！」

浮いた身体が着地した瞬間、強かに後頭部をぶつけた。

痛みに上げた声が蹄と車輪の音にかき消されると同時に、ラフィーナは意識を取り戻した。

（蹄？　車輪？）

閉じていた目を開ける。

視界に映るのは質素な部屋――ではなく、長旅には適さない内装の箱馬車の中だった。

ガラス窓の向こうには見たことのない景色と、雲ひとつない青空がどこまでも広がっている。

その平和的な風景を眺《なが》めているうちに意識がはっきりしてきた。

（え、っと。たぶん、火事……よね？）

状況から考えると、火事の煙《けむり》に巻かれて一酸化炭素中毒で死んだ。そしてどうやら生まれ変わったらしい。

ガラス窓に映るのは金に近い亜麻色《あまいろ》の髪。彫りが深くて人形みたいなすべすべ肌の小顔に、透き通る海色の瞳がバランスよく収まっている。

黒髪黒目に平たい地味顔だった頃とは似ても似つかないが、見慣れた自分の顔だった。

先ほどぶつけた後頭部に手を添えれば、ガラスに映る姿も同じように動く。

間違いなくこの身体は自分のものであるらしい。

（今の私はラフィーナ・オーレン。侯爵家の長女で、両親と義理の妹が一人、そしてお約束の婚約

破棄みたいな……うん、いろいろと思い出してきたわ）

揺れる馬車の中でこれまでのこと――火事に巻き込まれて死んだ前世ではなく、生まれ変わってから今に至るまでのことを思い返す。

ここは王侯貴族がいて、剣と魔法で魔物と戦う、西洋ファンタジーを具現化したような世界だ。

ラフィーナはそんな世界のとある国で、侯爵家の一人娘として生を受けた。

『王都の毒花』なる不名誉な二つ名を付けられ、義妹に婚約者を奪われ、両親に半ば追い出されるようにして『バケモノ辺境伯』の元へ嫁ぐところだ。

恐怖と絶望でどうしようもなかったところに、車輪が跳ねて後頭部を強打した。

その衝撃で前世の記憶を思い出してしまったのだろう。

（不思議な感じ。私だけど、私じゃないというか。でも記憶はどっちの分もあるし……）

強気に言い返すこともできず家を出てしまったが、今は「死ぬこと以外かすり傷」が座右の銘だった頃の記憶がある。きっと思い出すべくして思い出した前世なのだ。

「大丈夫、大丈夫。こういう場合の呪いとかバケモノはだいたい比喩《ひゆ》表現だから」

節制に励む日々を無料のネット小説で癒《い》やすこともあった。それらによれば婚約破棄や略奪愛はよくあることだ。

呪いや人外も定番ネタである。その場合、相手は鍛え上げられた巨体に大きな傷跡があるだけの屈強猛者《もさ》系だったり、人の心をなくしたなどの概念系だったりすることが多い。

（相手が誰であれ今度こそ幸せになるわ、お母さん。できたら恋もしてみたいなぁ）

異世界から前世の母を思い、誓いを新たにする。

目的地にたどり着いたのはそれから数週間の後、昼を少し過ぎた頃だった。

「はじめまして、奥様。お待ち申し上げておりました」

「はじめまして。出迎えをありがとうございます」

整列した使用人たちの後ろには、どこまでも続くような青い空と大きな城がある。

国の最南端、砂漠との境目。

砂より生まれる魔物から人を守る白亜の城、アルガルド辺境伯の住まうアルガルド城だ。

美しく壮大な光景だった。スマホがあれば写真を撮りたいと思うほどなのに、ラフィーナは死に体となっている。

数週間に及ぶ馬車の旅で身体は疲労困憊《ひろうこんぱい》。車のようにクッション性の高い座席もない。座面に申し訳程度の綿が詰めてあるだけで、背面は板がむき出しのままだった。

道路がアスファルト舗装されているはずもなく、車輪も木製で、ゴムタイヤのように衝撃を吸収してくれない。馬車はずっと揺れていて、頭も身体もあちこちにぶつけた。

はたして文明レベルによるものなのか、両親が馬車をケチっただけなのか。

シートベルトもなく命の危険すら感じる中、ラフィーナを更に追い詰めたのは乗り物酔いだった。

（きもちわるい……）

長旅のラストスパート、御者が少々急いで無茶をしたらしい。

王都を出てから食欲を失い、今日も朝から何も食べていなかったラフィーナは、吐くこともできずに苦しんだ。

「どうぞこちらへ。奥様のお部屋でございます」

吐き気を抱えたまま城の使用人たちに迎えられ、部屋に入った途端に身ぐるみはがされた。

なんと結婚式の支度《したく》はほとんど整っていて、あとは婚礼衣装に身を包んだ花嫁を待つのみなのだとか。

「到着したばかりで申し訳ございませんが、お急ぎくださいませ」

「は、はい」

限られた時間で花嫁を仕上げるべく集まる女性使用人たちを前に、ラフィーナは人形に徹するほかない。

まともな準備期間が与えられなかったため、用意してきた婚礼衣装は既製品だ。

最初から少し余裕のあるサイズだったが、辛《つら》い旅のせいでラフィーナの身体はやせ細っている。

すっかりブカブカとなった衣装は女性使用人たちを困らせた。

詰め物で補整しながらなんとか仕上げ、青白い顔を化粧でごまかしたら、急《せ》かされるように聖堂へ案内される。

重そうに開かれた扉の先には数少ない見届人たちと、なぜかベールで全身を覆った辺境伯が待っていた。

(新郎がベールで顔を隠しているとは新しい。ベールというか、透けてないから……ただの布?)

考えた直後、そういえばバケモノなのだったと思い出す。

顔を隠しているということは概念系ではなく、見た目がバケモノと呼ばれる所以《ゆえん》になっているのだろう。

ちなみに、この世界の花嫁はベールを被《かぶ》らないし、ドレスも白に限らない。

式は粛々と、そして早々に進められた。神官が神の言葉を述べ、夫婦となる男女に誓いを問う。

「ベリオン・アルガルド。あなたはラフィーナ・オーレンを妻とし、共に歩み、命ある限り愛することを誓いますか？」

「神聖なる契約と神の元に誓う」

声は普通だ。

「よろしい。では、ラフィーナ・オーレン。あなたはベリオン・アルガルドを夫とし、共に歩み、命ある限り愛することを誓いますか？」

「神聖なる契約と神の元に誓います」

事前に教えられていた通りの口上を述べる。頷いた神官は続けた。

「女神デルフィーヌの御前《ごぜん》で、誓いを」

これは誓いのキスをする場面だ。横並びで正面を向いていた辺境伯と向かい合う。

改めて見てみると、辺境伯ことベリオンが相当大きいことに驚かされた。

それに、ベールを被った頭の形がどうにもおかしい。帽子を被った上にベールを被っているのか、そうでなければ角や獣耳が生《は》えているに違いない。

帽子もしくは角か耳を含めた状態でおそらく二メートル以上はある。

「…………」

「…………」

首が痛くなるほど見上げているのだが、ベリオンは動かなかった。

「……領主様、お顔を」

じれた神官が声をかける。それでようやく、ベリオンはベールを脱いだ。

「……！」

ある程度の覚悟をしていたラフィーナも、さすがに息を呑《の》んだ。

見上げる先には大きくねじれた角が左右に二本ずつ、計四本も生えている。艶を消したような黒のそれらは金の鎖で飾り立てられていた。

顔や首は鱗《うろこ》に覆われ、顔立ちも人間のものとは違う。ラフィーナの知っている言葉で表現するなら、恐竜に近い。

布をふんだんに使い、宝飾品をいくつも重ね付けした豪奢《ごうしゃ》な衣服の向こう側には、トカゲのような尻尾《しっぽ》が揺れている。顔だけではなく尻尾も隠すために、超大判の布が必要だったらしい。

さらに、足も図鑑で見たような恐竜のそれに似ていた。

人ならざる関節に、つま先には頑強そうな爪が付いている。これでは靴も履《は》けまいと、ラフィーナは変なところで感心した。

視線を戻して再び見上げてみれば、鮮やかな寒色系の鱗に、背中に届くほど長い真《ま》っ赤《か》な髪。

頬から耳にかけては一線の古傷がある。硬く尖《とが》った耳も例外なく、青にも紫にも見える鱗に覆われていた。

それでいて深緑の目だけは人のものと同じだ。知性を感じさせる瞳とそれ以外の奇妙なちぐはぐさが異形感を増している。

（これは……失礼ながら、バケモノと呼ばれるわけだわ……）

純粋培養のお嬢様には確かに恐ろしい姿だろう。しかし、前世でそこそこサブカルに触れていたラフィーナにはそれほどでもなかった。

驚きはしたが、色彩の派手なリザードマンといった印象で、異世界ファンタジーでは常識の範囲内だ。

生理的な嫌悪感もない。

悲鳴を上げるでもなく、逃げるでもなく、気を失うでもなく、ラフィーナは誓いを待っている。

ベリオンは黒く光る鋭い爪の生えた手を伸ばした。

ゆっくりとした動きには決してラフィーナを傷つけないようにという慎重さが感じられる。

下手に動いて怪我《けが》をしないようじっとして、頬にベリオンからのキスを受けた。

唇ではなく、おそらく鼻先を押し付けただけなのだろう。

ひんやりした鱗はすぐに離れて、ベリオンは先を促《うなが》すように身体の向きを変えた。

神官の用意した結婚証明書にそれぞれ名前を書く。

ベリオンは長い爪の生えた手で器用にペンを操っていた。

「主よ。今ここに一組の夫婦が誕生しました。夫婦の永き旅路に多くの祝福を授けたまえ」

城にたどり着いて約二時間。初めて顔を合わせて約十分。

乗り物酔いを引きずったまま、ラフィーナはベリオンの妻となった。


――そして、初夜を迎える。

＊

夜の支度を整えられている間、眠気をこらえるのに必死だった。

広いお風呂でのマッサージは、長旅に疲れたラフィーナの身体に毒なほど極楽だったのだ。

何度も声をかけられながら準備を整えて、主寝室に向かう。

そこで一人になるとようやく、眠気より緊張が勝ってきたのだった。

（ああ……口から心臓が出てきそう）

『王都の毒花』は事実無根の噂であり、ラフィーナにそういった経験はない。

前世でも仕事と日々の暮らしに精一杯で恋愛経験を積まないまま死んだ。

知識だけならあるのだが、いざとなると心臓が皮膚を突き破りそうなほど緊張した。

しかも夫のベリオンはあの姿だ。

（ど、ど、どうするんだろう……）

想像力を働かせかけたところで緩く頭を振る。余計なことを考えてはいけない。心頭滅却のために部屋の中を見学することにした。

さすが主寝室と言うべきか、ベッドは大きい。当然のように天蓋付きだ。シーツはおそらく絹で、ホテルのようにぴしっと整えられている。仲良く並んだ二つの枕からはさっと視線をそらした。

飴色《あめいろ》のサイドテーブルにはランプが置かれていた。

ほんの少し魔力を通すだけで点灯と消灯ができる、この世界にありふれた魔法具のひとつだ。

魔力の有無にかかわらず使用できるようにつまみでの操作も可能となっている。

何段階かあるうちの暗めの灯《あか》りとなっていたので、つまみをひねって光量を最大に変えた。

雰囲気作りのためなのかもしれないが、薄暗いのはよくない。

その後もカーテンの柄を観察したり、真っ暗で何も見えない窓の外を眺めたりと、部屋をうろうろ歩き回った。

廊下に通じる扉が開かれたのは、見るものが尽きたために大の字でベッドにダイブしたのと同時だった。


「…………」

「わっ、あ、あの」

大慌てで身体を起こし、夜着の裾《すそ》を揃《そろ》えてベッドの上に正座をする。

「こ、こんばんは……」

ダイブの瞬間を目撃されたのは普通に恥ずかしい。

「……ああ」

部屋に入ったベリオンは式の時と同じように布を被っていたが、すぐに取り払われた。

寒色の鱗と真っ赤な髪が視界に現れる。

重ね付けられた宝飾品や豪奢な衣装はもちろん、角に巻かれていた金の鎖も外されていた。

式の時より楽な格好であることは間違いないのだが、夜着でもない。

寝るつもりで来たのではないことが分かった。

「ひとつ、いいか」

「はっ、はい」

ベリオンの声に、無意識に姿勢を正す。

爬虫類《はちゅうるい》のような見た目なのに声は人間のものと変わりなくて、不思議な心地だった。

「結婚はしたが、寝室をともにはできない。今夜はそれを伝えに来ただけだ」

「…………」

寝室をともにしない。

意味を嚙《か》み砕《くだ》いて理解した時、ラフィーナは大きく息を吐いてしまった。

心配やら緊張やら、するだけ損だったらしい。

要は白い結婚ということだ。ネット小説にもよくある展開なので知っている。

事務作業のような結婚式からはラフィーナを歓迎している様子も見られなかった。

『王都の毒花』の噂が遠いアルガルドの地でも知られているのかもしれない。

血統を重視する貴族社会で托卵《たくらん》されるわけにもいかないと警戒してのことなのだろう。

（ま、普通そうよね）

実の娘を嫁がせて、血の繋がらない養女を家に残した両親の方が特殊なのだ。

「承知いたしました」

正座をしたまま三つ指をつき了解の意を表す。

それからベッドを降りて、ベリオンの横を通り主寝室を出た。

「おやすみなさい、閣下《かっか》」

扉を閉める際に就寝前の挨拶をすれば、深緑の目がラフィーナを見ていた。

王都の毒花が大人しく引っ込んだことに驚きでもしているのだろうか。

(もう何でもいい……)

隣の自室へ戻り、主寝室のものよりは小さいベッドに潜り込む。

柔《やわ》らかな寝具に身体が沈み込むと、もう一生動けないような気がした。

(疲れた……ねる……)

清潔な寝具の香りに包まれる。ゆっくりと意識を手放しながら、もしかしたら、と考えた。

火事で死ぬ前の長い夢を見ているだけなのかもしれない。

だから、眠ったらもう目が覚めないかもしれない、と。

*

結果を言えば、ラフィーナはぐっすり眠り、きちんと目が覚めた。

「おはようございます、奥様。お目覚めになりますか?」

声の主は昨夜入念な寝支度を施してくれた侍女のイスティだ。

「……おはようございます、おきます……」

天蓋のカーテンがそっと開かれる。ベッドの中に明るい陽の光が差し込んで、ラフィーナは眩《まぶ》しさに目を瞬かせた。

「よくお眠りになれましたでしょうか」

「おかげさまで。今何時ですか？」

「もう間もなく昼食の時間となります」

「……ねすぎました……」

寝る前に天蓋のカーテンを閉めた覚えはない。朝、この部屋に入ったイスティが閉めてくれたのだろう。

おかげで太陽の眩しさに起こされることもなく、昼前までぐっすり眠ることができた。

「長旅でお疲れだったのです。ゆっくり休まれるのが奥様のお仕事ですわ」

「そう言ってもらえると救われます」

ついでに、主寝室に行ったはずのラフィーナが自室で一人寝していたことについて触れてこないのも、ありがたい。

イスティが用意した洗面器で顔を洗う。着替えを手伝ってもらった後に部屋でブランチを食べた。

「今日はお部屋でゆっくり身体を休めるようにと旦那様が仰《おお》せです」

旦那様というのはベリオンのことだ。旦那様、領主様、辺境伯、南方伯と、いろいろな呼び名がある。

ちなみにラフィーナは昨晩、ベリオンを閣下と呼んだ。夫とはいえ初対面の高位貴族かつ白い結婚なので、そのあたりが妥当だろうと思ってのことだ。

「お気遣いに感謝します。お言葉に甘えて、今日はゆっくりさせていただきますね」

「何かあればベルでお呼びくださいませ」

「はい。ありがとうございます」

イスティはベッド脇に置かれたテーブルのベルを示してから部屋を出た。

静かな室内に南らしい暖かな風がカーテンを揺らしながら吹き込んでくる。

窓の向こうには青い空。流れる雲を座りながら眺めていると、時間がゆったり進んでいるような気がした。

(こんなにのんびりできるのって、いつぶりだろう?)

前世では借金を返すために昼も夜も働き詰めの毎日を送っていた。

今世《こんせ》で部屋に閉じ込められて何もできなかった時間は、ゆっくり過ごしていたとは言い難《がた》い。

(困った。休日の過ごし方を忘れてしまった)

ソファから腰を上げたラフィーナは性懲りもなくまた部屋を探索することにした。

ここはラフィーナの私室として用意された部屋だ。引き出しの中に至るまで遠慮なく見てみる。

すると普段着やドレスのみならず靴や帽子に宝飾品、下着類に至るまで一通り用意されていることを知った。

当たり前のように新品の化粧品が並ぶドレッサーに腰掛ける。

侯爵家の娘でありながら、持ってきた荷物はサイズの合わない婚礼衣装に多少の着替えのみ。

侍女の一人も連れず、着の身着のまま嫁いだと同義のラフィーナは、アルガルド辺境伯家の気遣いに恐縮した。

「仮にも侯爵家ともあろうものが、どうしてこう……」

ドレッサーの鏡越しの自分がふうとため息をついた。

緩くまとめた髪は金に近い亜麻色。情けないやら呆《あき》れるやらで半目の瞳は透き通る海の色。鼻筋はまっすぐで、眉の形もいい。薔薇色《ばらいろ》の唇は控えめで小ぶり。

アーモンド形の目を縁取《ふちど》るまつげは、まばたきのたびにぱちぱちと音がしそうなほど長い。目尻がきゅっと跳ね上がっている少々きつめの美人といった顔立ちだ。

たいした化粧もしていないのに、この世界の基準でも間違いなく美形な部類に入る。

「昔はもっとタレ目だった気がするのよねぇ」

記憶の中では見慣れた自分の顔だが、日本人だった頃はどちらかと言えばたぬき顔だった。

いわゆるキャットラインな目元に慣れないのは前世の感覚が強すぎるせいだろうか。

(寝不足でくまが消えなかったこともあったし、そのせいでたぬきに見えていたのかもね)

なんとなく覚えた違和感は、すぐにかき消えた。

＊

ラフィーナはその後も下手くそに時間を潰し、夜は一人でのんびり眠った。

翌日も「ご予定はありません」と言われ、幻の二連休を得た。

明日以降についても「ごゆっくりお過ごしください」とのことだった。

結婚から三日目の夜、ラフィーナはベッドの中で指折り数える。

(ごはんは美味《おい》しい。温かいお風呂はマッサージ付き。ふかふかのベッド。特に仕事も義務もなし。ここには私の名前を勝手に使う容疑者カトリーナがいないから変な噂は増えないし、私を信じてくれない両親もいない。都会の喧騒《けんそう》と離れた暖かい気候の土地。白い結婚で妊娠や出産のプレッシャーやリスクもなし)

この結婚は泣いて嫌がる妹の代わりに押し付けられたものだ。

幸せな結婚ではなかったはずなのに、得たものといえばメリットばかり。

(……あれ？　幸せでは？)

思っていたよりずいぶんと待遇が良《い》い。

バケモノと恐れられるベリオンも、今のところは角が四本生えたリザードマンなだけだ。

——背筋にヒヤリとしたものが流れた。

(こ、こわい)

突然降って湧いたような穏やかな生活。元貧乏社畜には底知れない恐怖を感じる。

(幸せすぎて怖い！　何か……何か、裏があるのでは——ハッ!?)

前世では、平日は仕事。休日はバイト。夜は内職。四時間も寝られたら万々歳、という時期もあったほどだ。

明日も明後日《あさって》も何もしなくていいと言われるのは、食《く》い扶持《ぶち》に直結する問題である。

無言の退職勧告としか思えない。

（退職……つまり、離婚！）

可能性は十分にある。なんと言ってもこれは白い結婚で、ラフィーナは『王都の毒花』なのだ。新婚だというのに昨日も今日も食事すら一緒にしていない。

むしろ、その可能性しか感じなかった。

（いずれ離婚するものだと思っておいた方が良さそうね）

とはいえ、あのオーレン侯爵家に戻りたいとは思わない。離婚後に平民として一人で生きていけるよう準備しておかなければ。

幸いなことに、今のラフィーナは貧乏社畜だった頃の記憶がある。やろうと思えば何でもできる気概もあった。

（そうと決まれば、まずはこの世界についてもっと知らないと）

この世界で物心ついた頃からの記憶はある。しかしラフィーナはあくまで貴族のお嬢様だった。知っていることといえば、侯爵令嬢として必要な貴族社会の一般教養に、領地経営に関する最低限の知識のみ。

決して無駄な知識ではないが、平民になった時に活《い》かしやすいスキルではなさそうだ。

それに、平民の生活についても詳しくは知らなかった。

識字率や就学率を耳にしたことがない。女性の労働がどれほど一般的なのかも分からない。

要するに、ラフィーナは世間知らずだった。

（明日にでも離婚……はさすがにないだろうから、今のうちにいろいろ勉強しよう）

部屋でのんびり過ごすのは今日で終わりだ。明日は部屋を出て情報収集することに決めた。

今のラフィーナにできることはなくても、これからのラフィーナは何だってできるはずだ。

恐怖に震える馬車の旅で体力を削られた以外、病気も怪我もない、若くて健康な人間なのだから。

それに何より、借金がない。

我が身ひとつの身軽さはかつて指折り数えて待ち望んでいたものだ。思ったより早く（?）自由が転がり込んできたのだと思えば、無敵な気分にもなろうというものである。

（恋だって諦めたわけじゃないし……）

平民として働きながら暮らすより、恋をすることの方が難しいかもしれない。

そんなことを考えながら、恋愛未経験者のラフィーナは眠りについた。

*

翌日、ラフィーナは部屋を出て城内を歩き回った。

いずれ離婚するとしても今は辺境伯の妻、アルガルド城の女主人だ。そこかしこで働く使用人たちを観察して咎《とが》める者はいない。

（でもなんだか申し訳なくなってきた）

侍女を連れた女主人が通るだけで使用人たちは仕事の手を止め、頭を下げてしまう。

まずは身近なところから社会見学をしようと思ったのに、これではまったく参考にならない。

「うーん」

「何か気になることがございましたか?」

先導するイスティが足を止めた。

「一旦、部屋に戻ってもいいですか？」

「かしこまりました」

使用人たちは抜き打ち検査をされているような気分にでもなっているることだろう。仕事の邪魔をするのは本望ではないので出直してこっそりと——と考えたところで、ふとひらめいた。

「やっぱり私の部屋じゃなくて、イスティの部屋にお邪魔してもいいでしょうか？」

「はい。…………はい？」

ブルーグレーの瞳がぱちくりと見開かれた。

＊

「へぇ、フィオナって言うの？　イスティさんの親戚なんだってね。短期とはいえこの城で働こうなんて若いのに偉いじゃないの。人手はいくらあっても足りないからね、助かるよ。アルマ、アルマー！　ちょっと来て！　あんたはこのアルマと一緒に洗濯をしてちょうだい。分からないことがあればアルマに聞いて。じゃあ頼んだよ！」

怒濤《どとう》の勢いでラフィーナの世話を焼いたベテランメイドは、顔色を失うイスティとともに去った。

残されたのはアルマと呼ばれた若いメイドとフィオナの二人だ。

フィオナとはもちろんラフィーナの偽名である。

平民情報収集のため揃いのお仕着せを着て使用人たちに交ざってしまおうという単純な作戦だった。いつもと化粧を変え、そばかすも描き加えたので、まさか辺境伯の妻だとは思われまい。

「じゃ、行こうか。まずは用具室に案内するね。洗濯に必要な道具は全部そこに置いてあるの」

「はい。お願いします」

アルマは新人の正体に気づいた様子もなくラフィーナの横に並んだ。

「フィオナだっけ？　あたしのことはアルマって呼んでくれていいからね。どこかのお屋敷《やしき》とかで働いたことあるの？」

「いえ、こういうお仕事は初めてです」

清掃や家事代行、クリーニングなどの仕事をしたことはない。もちろんメイド業も初めてだ。

「敬語もいらないって。これから一緒に仕事するのに言葉まで気にしてたら面倒でしょ？」

「じゃあ、遠慮なく。アルマはここで働いてどのくらい？」

使用人専用通路から城の外に出る。洗濯用の水場や用具室は城の外に専用の場所があるそうだ。

「もうすぐ半年ってとこかな」

「そうなんだ。ほかにもどこかで仕事してたことがあるの？」

少し歩くと屋根付きの溜《た》め池《いけ》が見えてきた。噴水のない人工池のようなものだ。

すでに何人かしゃがんで泡だらけの手元を動かしている。隣には洗濯前後の布類を山のように盛った籠があった。

「ここの前は街の家具屋で下働きをしてたよ。掃除とか洗濯とか、やることはあんまり変わらないけど、お城の方がたくさんお金がもらえるから」

アルマの口ぶりからは、女性が外で働くのは珍しいことではないような印象を受ける。

さっそく一歩前進したのではないだろうか。

「そういえばフィオナは短期なんだったっけ？　もう次の仕事のこと考えてるの？」

「そんな感じ」

「ずっとここで働けばいいのに。人手不足だから、きっとすぐに本採用してもらえると思うよ」

「う、うん。でも」

さすがにずっと働くことはできない。これでも一応、ここの主《あるじ》の妻なので。

歯切れ悪いラフィーナを見たアルマは合点《がてん》がいったように頷いた。

「まぁ分かるよ。怖いもんね」

「怖い？」

「あれ、違った？　領主様が……」

溜め池の横を通り過ぎて、小さな平屋ほどの小屋に入る。洗濯道具や洗濯物を一時的に取り置くための場所で、ここが二人の目的地だった。

アルマは周囲に人がいないことを確認すると、小声で続ける。

「何年か前に領主様があのお姿になったでしょ。怖いって言って、お城の使用人がたくさん辞めちゃったんだよ、その時」

「ああ、なるほど……」

ベテランメイドが言っていた「短期とはいえこの城で働こうなんて偉い」「人手はいくらあっても足りない」の言葉を思い出す。大量退職の後の雇用が追いついていないようだ。

「あたしたちなんかは下っ端すぎてお姿を見ることもないから良いんだけど、中のメイドたちは大変みたい。頭では領主様だって分かっていても身体が動かなくなっちゃうんだって」

「え、そんなに怖い？」

「理屈じゃないらしいんだよ。だから、領主様をお見かけしても怯《ひる》まない人は重用されるんだって」

昇格基準が独特すぎる。しかし仕事が滞《とどこお》れば領民の暮らしにも影響が出るので、非常に重要なことなのだろう。

「うちは貧乏だから、お城の仕事辞めたくないの。洗濯メイドなら領主様とお会いする機会なんてないし、安全なんだよね。そう考えれば、このあかぎれも仕事のうちかなって」

アルマは荒れた手を見ながら、朗らかに笑った。

——その数日後。

隣には叩頭《こうとう》もできず立ち尽くすアルマ。

目の前には洗濯場に似合わないリザードマン。

否。夫であるベリオンが、家令《かれい》とともに立っていた。

＊

アルマは城の洗濯場で働くメイドだ。

この職場は給金がいい。その代わり、万年人手不足ゆえの激務と、いつバケモノ辺境伯に遭遇してしまうか分からない恐怖に耐える必要がある。

たった半年前に採用されたばかりのアルマですら、激務と恐怖に耐えられず去っていく同僚を何人も見送っていた。

「まずは少しのお湯で洗剤を泡立てるの」

「はい」

この日アルマは、もう何人目か分からない新人と洗剤を泡立てていた。

亜麻色の髪はつやつや、薄いそばかすの浮かぶ肌も白くなめらか。荒れ知らずの白い手で洗濯なんかできるのだろうか。

アルマの心配をよそに新人のフィオナはお湯と洗剤をバシャバシャ混ぜている。

「この液を適当につけながら洗っていくの。溜め池の水は結構冷たいから、びっくりしないでね」

「わっ、本当に冷たい。地下水？」

「さあ？　どうなんだろう」

この冷たい水と濃い洗剤液にさらされるから洗濯場のメイドたちはいつも手が荒れている。

あかぎれに洗剤が沁《し》みて痛いし、濡《ぬ》れた布は重いので、洗濯は激務で重労働だ。

けれどアルマにとってはこの上なく素晴らしい職場環境だった。

城の仕事なので街で働くより給料がいい。

洗濯なんて一番下っ端の仕事だと笑う者もいるが、洗濯場なんかに領主が近づくことはない。

非常に安全で割のいい仕事だと思っている。

（うっかり領主様にお目にかかってこんないい仕事手放すより、ずっと洗濯してた方がいいよ）

アルマはせっせと手を動かすフィオナを見た。やはり何度見てもいいところのお嬢さんだ。

アルマのように父が死んで、幼い兄弟を養うために働かざるを得なくなったとか、そんな事情でもあるのだろう。

「全部こうやってゴシゴシ洗うだけでいいの？」

「この籠の分はそれでいいけど、ものによっては薬でしみ抜きしたり、お湯で茹《ゆ》でたりするよ」

「選別もやってるんだ」

「あたしはやってないけどね。まだまだこうして洗うだけ。経験を積むとそういう仕事もさせてもらえるよ」

「なるほど……」

フィオナは手も口もよく動いた。

そのうちほかのメイドも交ざりはじめ、会話は城下街のことや恋愛にまで発展する。

洗濯場はすっかり大盛り上がりだ。

（フィオナ、只者《ただもの》じゃないなぁ）

この日は水の冷たさも気にならないうちに仕事を終えた気がした。

短期なんて言わず、ずっとここで働けばいいのに。


ある日の朝。出勤してきたフィオナは変なものを両手で抱えていた。

「なにそれ、どうしたの？」

「ちょっとした洗濯機でも作れないかと思ってね。手荒れが大変でしょう」

「洗濯木？」

確かにフィオナが持っているのは木のたらいだ。

洗剤液を作ったり、洗い物が少ない時など、洗濯場では何かとよく使われている。

その木のたらいに蓋《ふた》がついているのはまだ分かるが、蓋から伸びる棒は用途不明だった。

「それっぽいのを作ってはみたんだけど、上手く回らなくて」

フィオナは謎の棒を摑《つか》んで、蓋の上で円を描くように回した。たらいはガゴッ、ガゴッ、と何かが引っかかるような音を立て始める。一体何が起こっているのだろう。

「何かがどこかに引っかかってるみたいなんだよね。でも回らないことはないから、試してみようかと思って持ってきた」

「なになに、どういうこと？　話が全然見えない」

溜め池の側《そば》に洗濯木を置いたフィオナは一瞬きょとんとした後、「そっか」と言って蓋を外した。

「えーと、この中に洗濯物と水と洗剤を入れて、蓋をして取っ手を回すの」

どうやら中は二重構造になっているらしい。

内側は細い木を組んだ籠状で、取っ手と嚙み合わせてそこだけ回転させる仕組みのようだ。

「フィオナってもしかして……すごく頭がいい？」

籠の網目《あみめ》のおかげで洗剤が泡立ち、中で洗濯物同士が擦れて汚れが落ちる。

水を取り替えればすすぎが、水を抜けば脱水まで、冷たい水に手をさらすことなく洗濯ができる道具だ。

こんなものを発明できる天才がなぜ洗濯場のメイドなどやっているのだろう。

「そんなことないよ。引っかかる部分が重いから、普通に今まで通り洗った方が楽かもしれない」

「あたしにも見せてもらってもいい？」

「うん」

蓋と本体をそれぞれ見てみると、さほど複雑な構造ではないことが分かった。

「ちょっと分解するのは？」

「いいよ」

部品を組み合わせているのではなく力業で組み立てた部分があるらしい。

どう見てもここが上手く回らない原因だ。アルマは小屋にひとっ走りして道具箱から小刀を持ち出した。

ついでに近くの木から小枝をこっそり頂戴《ちょうだい》してくる。

たらいを削って溝を作り、短く切った小枝を部品代わりに組み立て直すと、先ほどよりも引っかかりなく回るようになった。

「アルマの方が天才では？」

「まっさかぁ。前に家具屋で働いてたことがあるってだけだよ」

掃除や洗濯が主な仕事だが、職人の手元を見る機会も多かった。

その時のことを思い出しながら少し調整してみただけで、天才はここまで形にしたフィオナで間違いない。

「そんなことより、さっそく使ってみようよ」

「うん！」

この日から洗濯木は、みんなが取っ手を回したがる人気者となった。

＊

使用人の頂点に君臨する家令がなぜか、末端使用人の集《つど》う洗濯場の小屋にいる。

こほんと咳払《せきばら》いをした後、アルマを絶望に落とすようなことを言った。

「例のたらいを作った者、前に出なさい」

「えっ⁉」

思わず声に出てしまい、とっさに口を手で覆う。

領主が洗濯木を見に来るという前代未聞《ぜんだいみもん》の知らせを受け、城の洗濯機能を守るためにメイドたちが小屋の中へ避難していた。

それが仇《あだ》となり、集まった全員の視線がアルマとフィオナに向けられた。なんと薄情な。

「そこの二人か？」

（クビかな……）

洗濯場のメイドごときが楽をしようとしたのがいけなかったのだろうか。

部品に使った小枝だって元を辿《たど》れば領主の持ち物だ。アルマが行ったことは窃盗に近い。

ここアルガルド領で貴族の持ち物を盗んだ平民がどうなるのだったか、上手く思い出せなかった。

「…………」

「…………」

ちらりと見れば、さすがのフィオナも顔を伏せている。

しかし無言の圧力に耐えきれなくなったのか、小さな声で「私です」と白状した。

「旦那様がお呼びだ。可能な限り質問にお答えするように」

「はい」

可能な限りなど気をつかっているようで無茶な注文だった。

フィオナはバケモノ辺境伯と呼ばれる領主が怖いのだ。

だから城での仕事も短期の契約となっていた。

もう少しで契約期間が終わるのに、その前に駄目になってしまうかもしれないなんてひどすぎる。

「あのっ、あたしもです！」

出口に向かう家令とフィオナの背中にアルマは叫んだ。

「あたしも洗濯木作りに協力しました！　だからあたしも一緒に行きます！」

「よろしい。来なさい」

大きく息を吸い込んで、考える前に一歩を踏み出す。驚いたような顔のフィオナには安心させるように頷いてみせた。

（大丈夫。フィオナ一人に怖い思いはさせないから）

だって、フィオナはアルマの後輩だ。フィオナを守るのはアルマの仕事だ。

万が一クビになるとしても、その時は二人一緒だ。

■2　バケモノから見た毒花

ベリオンが執務室に入ると、歩くたびに重く硬質な音が響いた。

行動範囲にある床の絨毯《じゅうたん》は全て取り払われている。硬く鋭い爪に引っかかってしまうためだ。むき出しとなった床の石材からかつての光沢はすっかり失われ、よく歩く部分が傷つきくすんでいる。

頭から被《かぶ》っていた暑苦しい布を脱ぎ去ると、控えていた家令《かれい》のビクターが受け取った。

「妻は？」

床に届くほど長い尻尾《しっぽ》を横に流し椅子《いす》に座る。

「本日も私室でおくつろぎとのことです」

「そうか」

この結婚は王家への忠誠を見せるために受け入れたものだ。

相手など、バケモノ辺境伯にある程度の耐性があれば誰でもよかった。すると、よりにもよって『王都の毒花』などと呼ばれる女を寄越された。

王都の社交界を引《ひ》っ掻《か》き回《まわ》す女を厄介払いでもしたかったのか。バケモノと毒花、ろくでもない者同士ちょうどいいとでも思われたのか。

「昨晩も早いうちにご就寝、朝食の前にはご起床されたようで」

「健康的だな。これがいつまで続くか」

調べによると、王都の毒花は夜の社交界に頻繁《ひんぱん》に現れていたようだ。

相手に妻がいようが、婚約者や恋人がいようが関係ない。

その美貌と甘い香りで男を惑《まど》わし、夜も深まった頃にどこかへ消えてしまうと聞く。

「そのうち田舎《いなか》での遊び方も覚えるだろうな」

そう口にはしたものの、アルガルドは田舎ではない。

領内の港には海を越えた国の船が数多く並んでいる。陸にも交差する街道を有し、オアシスを辿《たど》って砂漠の向こうとも交易している。南方貴族や有権者が集まる場があれば、遅くまで営業している店もある。王都とは違った賑《にぎ》わいを持つ地方都市だ。

『アルガルドの毒花』が生まれる未来も遠くないかもしれない。

「しかし気丈なお方です。もったいないですなぁ」

初めて顔を合わせた結婚式で悲鳴のひとつも上げずにバケモノからの誓いを受けた。

その夜、主寝室に現れたバケモノに「こんばんは」などとのんきな挨拶をした。

寝室をともにしないことを伝えた時にはさすがに安堵《あんど》した様子を見せたが、気丈なことには違いない。

「もったいないとか言うな。いくら王都の毒花でもこのバケモノが相手ではどうにもならないだろ」

自嘲気味に言って、ベリオンは書類仕事を始めた。

「そういえば、旦那様。ひとつ面白い話を小耳に挟みまして」

「なんだ」

長く鋭い爪と指で器用にペンを持ち、家令の話に耳を傾《かたむ》ける。

「洗濯場のメイドが奇妙なものを作ったそうです」

「奇妙なもの？」

初めのうちは切ってもすぐに伸びる爪が邪魔でペンが上手《うま》く持てなかった。

書類仕事が大いに滞《とどこお》った末に、尖《とが》った爪の先をインクに浸《ひた》してやろうかと思ったほどだ。

インク垂《だ》れがひどかったのですぐにやめたが。

「何でも、半自動で洗濯ができる道具だとか」

「魔法具か？　メイドがどうしてそんなものを」

魔法具を作れるほどの人間がメイドなどしているはずがない。

思わず書類から顔を上げたベリオンにビクターは首を振ってみせた。

「魔法具ではありません。ただの道具です」

「それはまた器用な」

「ええ。洗濯が楽になったそうですよ」

「そうか……」

確かに面白い話だった。

「見に行ってみよう」

「今からですか？」

「早い方がいい。メイドたちには悪いが、私を見たくないならどこかへ逃げるよう伝えてくれ」

ベリオンが呪いを受け今の姿に変わってから、城の使用人が一気に減った。

以来、この城は慢性的な人手不足に陥《おちい》っている。

もし重労働である洗濯が少しでも楽になるのなら、ほかの場所に人員を異動できる可能性も出てくるだろう。

「かしこまりました。せっかくの機会ですので、奥様もお誘いになられてみては?」

「不要だ」

そういったことを考えるのは本来であれば女主人の仕事となる。

しかしベリオンはラフィーナにそこまで求めていなかった。

厄介だった砂漠の主《ぬし》を討伐し安全をもたらした辺境伯へ、褒賞という名目で世話された結婚だ。

その実、砂金の都と呼ばれる隣国との安定した交易路を手に入れた辺境伯に、忠義心をはかるため送り込まれた重しでもある。

本来は王家が担《にな》う役目なのだろうが、今の王家に未婚で適齢期の姫はいない。

近い血筋の令嬢は軒並みバケモノの妻になることを泣いて拒否したと聞く。

巡り巡ってベリオンの妻となったのがラフィーナ・オーレン。

数代前の王族の遠縁にあたる侯爵家の娘だ。

王都社交界の平和のためにも一石二鳥と押し付けられたような妻だが、何かあれば王家に敵意を向けたと都合よく解釈されるだろう。

王家とも妻とも面倒事は起こしたくない。部屋でのんびりしているのなら好きなだけそうしていればいいと思う。

バケモノ姿を見ても平然としているだけで、ベリオンにとっては十分だった。

＊

洗濯場に近づくにつれて水と洗剤の匂いが濃くなっていく。

その中に覚えのある匂いがわずかに混じっていて、ベリオンは顔を上げた。

ベリオンの身体能力が人間のそれを遥《はる》かに上回ったのは砂漠の主とよく似た今の姿となってからだ。

筋力だけではなく、聴覚や嗅覚も向上している。

何の匂いだったか思い出そうとしているうちに、先を歩くビクターが足を止めた。

「旦那様、こちらです」

角ごと顔を覆った布を脱ぐ。

開けた視界には蓋《ふた》の付いた取っ手付きのたらいがあった。

「これが。取っ手を回すと……なるほど、中身が回転するのか」

ありものをかき集めたような雑な作りだが、よくできている。

「これを作った者はなかなか賢いな」

先ほど気になった匂いと同じものがたらいからも漂ってくる。おそらく製作者の匂いなのだろう。

どこかですれ違ったことでもあるのかもしれない。

「ビクター、あとでこれを作ったメイドと話をしておいてくれないか」

「かしこまりました」

城下の職人に命じて同じものをいくつか作らせてみたらどうだろう。

大きいたらいを使えば大物の洗濯も楽になるのだろうか。

「図面も描けるといいんだが……」

言いながら、ベリオンはふと視線を後ろに向けた。

「………」

あたりを見回す。

おそらく洗濯場のメイドたちが隠れているのだろう小屋に視線を定めて、近づこうと足を進めた。

「旦那様、なりません。城中の洗濯が滞ります」

「……ではビクター、これの製作者を呼んできてくれ」

「ですから」

「大丈夫だ」

その人物はベリオンを恐れない。

（一体何を企《たくら》んでいるんだ？）

覚えのあるこの匂いは、結婚初日にしか顔を合わせていない妻のものだ。

しばらくしてビクターが連れてきたのは二人のメイドだった。てっきりラフィーナだけが出てくると思っていたので、急ぎ布を目深に被る。

一人は血の気のない顔で足元だけを見て歩く背の高いメイド。

そしてもう一人が、なぜかメイドたちと同じお仕着せを着た妻ラフィーナだった。前に見た時と少し顔が違うように見えるものの、匂いは記憶にある通りだ。

妻はぺこりと頭を下げて言った。

「お疲れさまです！」

（お疲れさまです？）

上げた顔には、前はなかったはずのそばかすがある。

元々そばかすのある顔なのだろうか。それとも、あえて描き足したのだろうか。

（それで変装したつもりになっているのか？）

隣に戻ったビクターに視線を向ける。鼻が利《き》かなくても分かりそうなものだが、家令はラフィーナに気づいていないらしい。

（嘘《うそ》だろ）

妻が洗濯場に交じってメイドの格好をしている理由も分からなければ、夫に対して「お疲れさまです」と威勢よく告げる理由も分からない。さすがに戸惑《とまど》った。

「これは一体……」

「ちっ違うんです！」

ベリオンの言葉を遮《さえぎ》ったのはラフィーナではない方のメイドだった。

なぜか妻を庇《かば》うように前に出て、祈るように手を組んで続ける。

「どうかお許しください！　楽をしようと思ったんじゃないんです……あたしたちの手が荒れてるから、少しでも荒れにくくなるようにって、手が荒れていては仕事がはかどらないからって、この子が作ってくれて……でも、楽になったのは確かなんですけど……どうか、ばっ、ばっ、罰するなら……あたしも、作るのを手伝ったのでっ……！」

「…………」

咎《とが》めるつもりはなかったのに、盛大な勘違いをされている。しかしベリオンには慣れたことで、ため息も出なかった。

見た目が変わっても中身は人間だった頃と変わらない。何も取って食ったりしないのに、ベリオンを前にした人間は大半が恐怖に震えて命乞いを始めるのだ。

ビクター曰《いわ》く、相手も頭では理解しているらしい。しかし同時に、どうにもならないのだとも言った。

生後すぐの頃からベリオンを見ていたビクターですら今の姿には恐怖を感じるのだと。

ベリオンと顔を合わせて平気な人間も少しはいるので政務は最低限なんとかなっている。

それに、身体能力が向上したこの姿は魔物との戦いが避けられない辺境の地では便利でもある。

(この姿も悪いことばかりではないんだがな)

「大丈夫だよ、アルマ」

ラフィーナが前に歩み出る。泣きそうな顔をした同僚の肩に手を置いて続けた。

「楽をしようと思ったのも間違いではないので」

「えっ」

恐怖の抜け落ちた表情となった同僚を通り越し、ラフィーナはためらうことなくベリオンの側《そば》に寄ってくる。

「質問にお答えするよう言われました。この洗濯機のことですよね」

「あ、あぁ」

「ではまず、構造をご説明いたします。気になることがあれば都度ご質問ください。ご覧の通り構造自体はそう難しくないものとなっておりまして、アルマのおかげで分解と組み立ても簡単になりました」

ラフィーナはたらい――洗濯木の横にしゃがみ、分解しながらあれこれと説明をし始める。

説明されて改めて感心する反面、ベリオンは少々呆《あき》れていた。

(もう夫を忘れたのか?)

泣く子も黙るバケモノを夫としながら、まるで初めて会う他人のような振る舞い。ベリオンが気づかないふりをしていることに気づいていないのだろうか。

そばかすの有無程度の変装に相当な自信を持っているらしくて、少し笑えてきた。

「試験導入を始めてから洗濯にかかる時間が削減されています。とはいえまだこれ一台のみなので、全体の割合としては微々たるものですが」

堂々としているラフィーナがおかしい。

声の震えで笑っていることが悟られないよう、あえて低い声を出す。

「では……どこかに発注して、同じものをいくつか作らせよう」

「ありがとうございます!」

「より大きいものなら一度にたくさん洗えるのか?」

「いえ。大きすぎると私たちの腕力では回せなくなりますので」

ラフィーナは立ち上がり、洗濯用の溜《た》め池《いけ》に視線を向けた。

「馬に引いてもらって回すか、ここの水の汲《く》み上《あ》げ動力を洗濯機の回転に利用して自動化させたいのですが、私程度の知識ではこれ以上が難しくて。材質も問題ですね。きちんと手入れしないと木が腐って大変……本当はアル……ステ……やっぱりプラ……ポリ……」

後半はもはや独り言となっている。声は聞こえているのだが意味がさっぱり分からない。

しばらくして、もう一人のメイドがぽつりと呟《つぶや》いた。

「フィオナあんた……やっぱり只者《ただもの》じゃないよ……」

この場で唯一その声を拾ったベリオンは、布の奥で小さく頷《うなず》いたのだった。

*

妻の奇行は続く。

この日に出された茶菓子は、本来捨てる部分であるはずのレモンの皮だった。

「…………」

領内に出る魔物への対処のために、味は二の次の携帯食で過ごす日々は多々あった。それが尽きた時には蛇でも蜘蛛《くも》でも獲《と》って食べた。

そのベリオンですら、平時の執務室で生ゴミを出される日が来るとは思っていなかった。

思わず家令を睨《にら》んでしまう。

「ビクター」

「そちらはレモンの皮を甘く煮詰めて乾燥させたもので、レモンピールというのだそうです」

「全体的に白カビが生《は》えているが」

「よくご覧ください。カビではなく、砂糖です」

「……………」

視線に促《うなが》され、しぶしぶひとつ口に運んでみる。初めて食べるレモンの皮は少し甘くてほろ苦い。

こうまでしてレモンの皮を食べようという執念は何なのだろうか。

答えはひとつしか思い当たらなかった。

「……民をここまで飢えさせていたか。私は至らない領主だな」

「食に困ってのことではございません。奥様がお作りになられたものですよ」

「妻が？」

洗濯木を発明したかと思えば、今度はレモンの皮を食用に加工してみせたというのか。

「洗濯場やら厨房《ちゅうぼう》やらで一体何をしているんだ。侯爵家の娘だったのだろう」

「最近は熱心に外へ出かけていらっしゃるそうで。侍女もずいぶん振り回されておりますね」

「……………馬車を出せ」

「かしこまりました」

王都の毒花と呼ばれたラフィーナのことだ。いずれ何かやるだろうと覚悟していたが、白昼堂々とは予想外である。

(昼間から目立つようなことは困る)

貞淑な妻であれとは言わない。しかし度を越しているようであれば、話し合いのひとつでもしておかなければいけないだろう。

紋章の入っていない地味な馬車にため息とともに乗り込む。執務室から馬車まで行く間に被っていた布を取り去って椅子に深く腰掛けた。

やがて馬車が止まる。たどり着いたのは宿か、劇場か、何らかの店か。あるいは誰かの屋敷《やしき》なのか。小窓から外を覗《のぞ》くと、そこには見慣れた建物があった。

「教会？」

「の、裏庭でございますな」

「理解に苦しむのだが」

まさか教会の一角で毒の花を咲かせているのだろうか。信心深い方ではないベリオンだが、こればかりは神を哀れに思った。

再び頭から布を被り、極力気配を消して移動する。ベリオンに気づいて顔を引きつらせる教会関係者たちには気づかないふりをした。

「――静かに」

異形の耳が妻の声を捉《とら》えた。

静かにしなければいけないのなら教会の裏庭なんて選ばなければいいだろうに。

ベリオンはそっと足を進めた。

「静かに」

同じ言葉が繰り返される。

やがて遠目に妻の姿を見つけた時――彼女の足元には十人ほどの子供たちが座っていた。

（子供？　一体何を……）

誰かに会っているのだろうとは思っていた。

しかしそれは、成人男性との密会だと信じて疑わなかった。

「ではまず昨日の復習をしましょう。この間に入る言葉は何でしたか？　みんな足元に書いてみて」

ラフィーナが小枝でむき出しの地面に文字を書く。

子供たちも不慣れな様子で、懸命に土をひっかいた。

「みんな正解です！　しっかり理解できていますね」

ひとりひとりの足元を見て回ったラフィーナは、手を叩《たた》いて子供たちを褒《ほ》めた。

「……読み書きを教えているのか」

「そのように見受けられますな」

辺境伯夫人が領地の子供に読み書きを教える。問題ないどころか、褒められるべき行為だ。

しかし彼女は『王都の毒花』ではなかったのか。

夜毎《よごと》に違う男と過ごし、社交界を荒らしたことで辺境へ厄介払いされたのではなかったか。

「さて、約束通り、今日はおやつを持ってきましたよ。トニの家でもらったレモンで作ったものです。トニ、とても美味《おい》しいから売りに出せるんじゃないかしらって、お母様に伝えておいてね。レシピも教えますから」

「本当⁉　母ちゃん毎日仕事で、ひどいヤトイヌシってやつにこき使われててさ……」

「レモンの商品が売れるようになれば、きっとお母様が人を雇う立場になるわ。辛《つら》さを知っている分、優しい雇い主になるでしょう」

「うん！　オレも手伝うよ！」

「偉いわ。でも、子供は勉強も仕事のうちですからね」

洗濯場のメイドに交じっていたことも。

本来捨てるはずのレモンの皮を加工していたことも。

子供への教育も。

ラフィーナに抱いていた印象の全てが間違っていたのだろうか。

「あれのどこが毒花なのか……」

「ええ。我々は少々、反省せねばなりますまい」

「そうだな」

遠い王都での噂《うわさ》などあてになるものではない。

くだらない情報に惑わされて、見たこともない相手に勝手な偏見を抱いていたのだ。

少々どころか大いに反省するべきだった。

「一度、妻とゆっくり話をしてみたい」

「すぐに調整いたしましょう」

「頼む」

領内の教育について意見が聞きたい。

このあたりでよく勝手に生《な》っているレモンもほかに使い道があるのか教えてほしい。

城内の人手不足解消に向けても相談してみたい。

それよりも。

（ラフィーナ、か……）

彼女のことをもっと知りたい。

ベリオンはこの日初めて、妻に興味を抱いた。

＊

それからすぐに予定を調整した。

この日の午後はラフィーナと腰を据《す》えて過ごすために丸ごと空《あ》けている。

少々緊張しながら午前中の執務をこなしていると、執務室の扉が叩かれた。

「入れ」

所用で出ていた家令が戻ってきたのだろうと、書類に目を落としながらぞんざいな返事をする。

「……失礼します」

「あぁ……、え？」

「お忙しいところ申し訳ありません、閣下《かっか》」

扉を開けたのは家令ではなく、ラフィーナだった。

両手で抱えるほどの大きな籠を持ち、遠慮がちな様子で入ってくる。

ちなみに、例の微妙な変装はしていない。そばかすのない顔を見るのは結婚式以来だ。

「どうした？」

今日の午後、一緒に昼食を食べながら話がしたいということは侍女を通して伝えてあった。

それに対して了承の返事もあったのだが、まだ時間には早い。予定外の訪問だ。

一体どうしたというのか、まさか中止を告げに来たのか、などと考えた瞬間。

「あっ、こら！」

ラフィーナが抱えていた籠の蓋が内側からそっと開かれた。

にょろんと出てきたものに身構えたのは一瞬で、緊張はすぐに解けて消える。

「勝手に出たらダメでしょ。戻りなさい」

それは茶色い縞《しま》模様の毛玉だった。

「猫？」

「はい。この子をお城で飼う許可をいただきたくて」

ラフィーナは籠を置いて猫を抱いた。そのままベリオンに視線を向け経緯を説明し始める。


この茶トラは近ごろ城の厨房近くをうろつくようになった野良猫らしい。

今でこそきれいな毛並みだが、最初はずいぶん薄汚れて痩せていたようだ。

哀れんだ厨房の人間がいけないと思いながらも時々餌を与えるようになった。

するとだんだん毛艶《けづや》が良くなり厨房の人間にも懐いたものだから、かわいがられるようになる。

しかし場所は厨房、生き物の出入りが許されるものではない。

どこか別のところへ行くように言っても当然言葉は通じないし、自宅で猫を飼う余裕のある者もいなかった。

そんな折に厨房に出入りしていたのがレモンを持ったラフィーナだ。

「うちで飼えないか聞いてみます」と言って、「うち」に猫を連れてきたと、そういうことだった。

「私が責任を持ってお世話しますので、どうかお願いします」

ラフィーナは最後にそう言って締めくくる。

結婚後、初めての願いだった。強請《ねだ》られるのがドレスでもなく、宝石でもなく、猫だとは。

「……ダメでしょうか……？」

ちらりと猫を見る。

猫はベリオンの視線など知らぬ存ぜぬといった様子で、ラフィーナの腕の中でくつろいでいた。

「いや、いい」

「ほんとですか！」

「武器庫など危ない部屋には入れないよう注意してくれ」

「はいっ」

ベリオンを恐れないのならば城で飼うことくらい構わない。

ネズミの一匹でも捕ってくれたらなおよしだ。

「よかったわね、ササミ！」

「ササミ？」

「この子の名前です。ササミが一番好きなんだそうです」

「そうか」

変な名前だと思ったことは口にしないでおく。

「じゃあササミ、お部屋に行きましょうか」

「んなーう！」

ササミはラフィーナの腕の中からするりと抜け落ちた。

籠から抜け出た時といい、まるで液体のような動きだ。

感心しているベリオンの足元までやってきたかと思えば、腹を見せてゴロンと寝転がった。

「な……」

「あら」

ばんざいをするように身体《からだ》を伸ばした後、今度はなぜかベリオンの足を噛《か》みながら後ろ足で蹴り始める。

硬い鱗《うろこ》に覆われているので痛《いた》くも痒《かゆ》くもないが、経験のない事態に大いに戸惑った。

「あ、危ないだろ」

ベリオンの異形の足は生木も軽く蹴り倒せる。

間違えて踏みつけでもしたら、このように小さな猫などひとたまりもないはずだ。

下手に動けない身動きが取れない。助けを求めてラフィーナを見ると、彼女は笑って見ているだけだった。

「元々人懐こい子ですけど、閣下が優しい方だって、ササミにも分かるんですね」

「…………」

何を言われたのか、理解するのに時間がかかった。

そして、ほぼ無意識のうちに口が動いていた。

「……君は、猫じゃないのに？」

「え？」

一人で執務室にいたベリオンはすっかり油断していた。

いつもの布を被り忘れ、この手で殺した砂漠の主とよく似た異形の姿をさらけ出している。

しかしラフィーナは怖がる素振りを見せない。今この時はもちろん、初めて会った結婚式の時ですら。鼻で頬に触れただけとはいえ、婚姻の誓いも嫌がらなかった。

あまりの恐怖に身動きができなかっただけだと考えたこともある。

だが。

――閣下が優しい方だって
優しいと。そう思っていたのか。

ベリオンはラフィーナをずっと『王都の毒花』だと思っていたのに。

「あっ、ええ、まぁ、私は人間です、ね、はい」

じわじわと自分が何を言ったのかベリオンが理解し始めた頃、ラフィーナも何を言われたのか理解したようだった。

そばかすのない白い肌が赤く染まっている。

「ササミ、邪魔したらダメよ」

「なぁんっ！」

床に置いていた籠をラフィーナが持つと、ササミは器用にその中へ飛び込んだ。

「ササミのこと、ありがとうございました。それではまた後で」

「……あぁ」

妻と猫が去る。

再び一人になった執務室で、ベリオンは妙な高揚を感じていた。

（結婚とはこういうものなのか？）

結婚に政略的な価値以外を感じたことはない。

呪いを得て姿が変わってからは特にその考えが強固になっていた。

しかし実際に結婚してみると、意外に悪くない。

ベリオンは中断していた執務を再開させた。

少しでも早く仕事を終わらせて、午後を妻と共に過ごすために。

*

ベリオンは長いようで短かった午前の執務を終え、落ち着かない気分で食堂に向かった。

ラフィーナは先に到着していたようだ。

被っている布を取りながら歩くベリオンの姿を見るなり立ち上がり、頭を下げてくる。

「先ほどはありがとうございました、閣下」

「あぁ、いや……座ってくれ」

「はい」

ベリオンが引いた椅子に腰掛け、ラフィーナは目の前に並べられてゆく皿を興味深そうに眺《なが》めた。

簡単な結婚式のみ行い、その後は披露宴も何もしなかった二人が食卓を囲むのはこれが初めてだ。

相手は王都の毒花、自分はバケモノ辺境伯だからとベリオンが妻を避けていた間も、彼女は自室で一人食事をしていたと聞く。

本来なら結婚したその日から食事を共にすべきだったのに、どれだけ肩身の狭い思いをさせていたのだろう。

今日になってようやく、痛いほどに思い知った。

「遠慮なく食べてくれ」

「はい」

この日の昼食のメインは、芋と小麦粉の団子をトマトと魚介のスープで煮込んだものだ。

ほかには蒸《む》した野菜と鶏肉《とりにく》、きのことチーズのオーブン焼き、籠にいっぱいのパンに果物などがテーブルを飾る。

「いただきます」

両の手のひらを胸の前で合わせる不思議な祈りの後、ラフィーナが静かに食事を始める。

それからいくらもしないうちに、妻はスプーンに載せたとある具材をじっと見つめ出した。

ハッとしたベリオンも自分の皿をスプーンで探り、同じものを見つける。

（これは……）

ぶつ切りにしたタコだ。

アルガルドの漁港では頻繁に水揚げされるありふれた食材だが、王都ではあまり好まれていない。

理由は簡単。見た目がよくないからだ。

確かにタコは海を泳いでいる時や水揚げされた時、この世のものとは思えない姿をしている。

食感が面白いのでベリオンは好きなのだが、少し前まで王都で暮らしていたラフィーナはタコなど見たことも食べたこともないはず。

せっかく妻と過ごすと意気込んでいたのに、一般的に好まれないものを出して妻を困らせている。

メニューの確認を怠っていた自分に腹が立ち、カトラリーを握る手に力が入った。

――嫌がらせのつもりで出したのではない。苦手なものは無理に食べなくてもいい。

そう言いたかったが、いざとなると言葉にもできない。

妻と何を話そうかと何日も前から腐るほど考えていたはずなのに、それすらも口にできていない。

(さっきは猫という話題があったからよかったが)

ベリオンが無言で手をこまねいているうちに、ラフィーナはタコをぱくっと口に入れた。

思わずびくりと肩が揺れたベリオンに気づいた様子もなく、ゆっくり咀嚼《そしゃく》を繰り返している。

飲み込んでから、「美味しい」と呟く声が聞こえた。

「これってタコですよね?」

「あ、あぁ。知っているのか?」

「はい。もうずっと食べていなかったので、懐かしいです」

「食べたことまであったのか……」

ベリオンは安堵の息を大きく吐き、渇いた喉を炭酸水で潤した。

その後はタコの足の本数やら吸盤、足の先端の毒の有無やらでぽつぽつと会話が続く。

ベリオンはタコに感謝した。

「小麦粉をだしで溶いて、香味野菜なんかと一緒にタコを入れて焼いたものを食べていたんです。一口サイズで、丸くて、熱々で、とろーっとしていて美味しいんですよ」

「味も見た目もまったく想像できないな」

「特別な鉄板が必須なので、再現するのは難しいかもしれないですね。でも話してたら食べたくなってきました。うーん、鉄板……ソースも……」

レモンだけでなくタコまで加工してしまうつもりなのだろうか。

タコの話題がなくなると会話も途切れてしまったが、それと同時に食事も終了した。

食後のお茶で一休みした後は庭の散策にでも誘うつもりだ。

いつ切り出そうかと機会を窺《うかが》うベリオンだったが、「では」と立ち上がるラフィーナを見て慌ててしまう。

「もう行くのか？」

「はい。これから約束がありまして。閣下は午後もお仕事ですよね。頑張ってください」

午後の予定はラフィーナと過ごすことだ。

しかし、ラフィーナと過ごすために午後を丸ごと空けていたことは言っていなかったような気がする。

（確か、昼食を食べながら話がしたいとしか……）

洗濯木のこと、レモンのこと、子供たちに教えていた勉強のこと。

それに、ラフィーナ自身のことを教えてほしかった。

アルガルドやベリオンのことだって知ってほしかったのに、話した内容といえばタコばかり。

ベリオンはタコを恨んだ。

「今日は私にお気遣いいただきありがとうございました。閣下のご都合がよろしければ、またご一緒させていただけると嬉《うれ》しいです」

「あぁ、それはもちろん」

頷いたベリオンににこりと微笑《ほほえ》んだラフィーナの視線は、次の瞬間には扉へと向かっていた。

まるで、ベリオンとの時間に余韻など必要ないかのように。

実際にそう思っているのだろう。全てはこれまでの己の行いのせいである。

「待ってくれ」

焦《あせ》ったベリオンは、気づいた時にはとんでもない言葉を放っていた。

「私の午後の予定は、視察だ」

「視察ですか。どちらまで？」

「君の」

「えっ？　私の視察？　監視ということでしょうか？」

「いや監視というか……とにかく、邪魔にならないようにするから」

邪魔以前の問題だ。

ラフィーナは少し悩んでから「閣下がそうおっしゃるのなら」と頷いた。

これで終わりにならず安堵したが、間違った方に進んでしまった予感もひしひしと感じる。

汗などかかないはずの鱗に、冷や汗がすっと流れた気がした。

支度《したく》を調《ととの》えてくると言って自室に消えたラフィーナは、戻ってきた時には使用人のお仕着せに身を包んでいた。

緩く結っていた長い髪は後《おく》れ毛《げ》なくきっちりまとめられ、顔にはそばかすが描き加えられている。

相も変わらず微妙な変装だ。

「お待たせいたしました閣下。ラフィーナです」

「あぁ、うん、知ってる。その格好もよく似合っていると前から……」

「……！」

本人はベリオンが気づかないだろうと思って「ラフィーナです」と自己申告したようだが、ベリオンは一度たりともこの変装に騙《だま》されたことはない。

うっかり漏れた本音《ほんね》にラフィーナの息を呑《の》む音が聞こえた。

（しまった……！　使用人の格好を似合っていると言われて喜ぶ令嬢など……）

先ほどから失言ばかりだ。

なぜこうも上手くいかないのか。どう取り繕えばいいのか。

何ひとつ分からず頭を抱えたい気分になる。

「前から……知っていたんですか⁉」

「そっちか……。いやその、分かりやすかったというか」

「バレバレだったと？」

「バレバレ？　うん、まぁそうだな」

「そんなぁ……」

とぼとぼ歩くラフィーナについて向かった先は厨房だった。

落ち込みながら廊下を進む道すがら聞いた話によれば、頼んでいたレモンの加工品の味見をしに来たのだそうだ。

被った布越しに使用人たちが先ほどの昼食の後片付けをしている様子が見える。

ラフィーナは慣れた様子で奥へと進み、料理長へ親しげに声をかけていた。

「こんにちは、料理長さん。お願いしたお菓子はどうでしたか？」

「おおフィオナ、あれなら上手くいったよ。すぐに若いのが持ってくるからちょっと待ってな」

宣言通り邪魔にならないよう、ベリオンは布を被ったまま入り口付近で気配を殺して待機していた。そんな城主の横を一人の若い料理人が横切っていく。

「フィオナちゃーん！　今回は俺が作ったんだよ、上手くできたよーっ！」

男が手にした銀色のトレーの上にはフルフルと揺れる白いものがあった。

ラフィーナがレモンを利用して作った何かだろう。あれを味見するに違いない。

つい先ほど昼食を食べたばかりなのに、よく食べるものだ。

少し心配になるほど細い妻だから、よく食べるのはいいことだ。

そんなことを考えながら、ベリオンは若い料理人の背後からぽんと肩に手を乗せた。

「ん？　なんか用？」

「………………妻と親しくしてくれて感謝する」

「ヒエッ！　布ッ!?」

なぜか急に腰を抜かしてしまった料理人の手放したトレーを宙で受け止める。

「じょじょじょじょ城っしゅっ、様っ」

「城主様!?　なぜこのようなところに」

「閣下、どうされたんですか？」

「彼が急に滑《すべ》ってしまってな」

手を床に突いた若い料理人には戻せないので、料理長と一緒に駆けつけたラフィーナにトレーを差し出した。

いつまでも座りこけている若い料理人はラフィーナを凝視している。

ラフィーナは受け取ったトレーの白いフルフルに夢中だ。

「つまって、妻？」

「あぁん？　誰が誰の妻だって？　寝ぼけたこと言ってないでさっさと手を洗……え？」

部下に厳しい目を向けたアルガルド城の料理長は、家令のビクターと同じく昔から城に仕《つか》える使用人の一人である。

バケモノ辺境伯を見ても逃げ出さないでいられるだけの胆力の持ち主で、料理の腕も部下の差配も申し分ない。

そんな料理長の驚愕《きょうがく》に見開かれる目がラフィーナを映した。

次に布の隙間《すきま》へ引っ込められていく異形の手を見て、独り言のように呟く。

「あーっと……つまり……ササミは？」

料理長の声に顔を上げたラフィーナは、視線の意味に気づいたのか、苦笑いを浮かべる。

「無事、お城の猫になりました」

料理長はたぶん、初めてバケモノ辺境伯を見た時と同じ顔で、使用人の格好をしたアルガルド辺境伯夫人を凝視していた。


「――すまなかった」


夕方近くになって応接室に入り、お茶を淹《い》れて一休みするラフィーナに、ベリオンは布を被ったまま頭を下げた。

邪魔にならないようにすると言ったのに、厨房でなぜあんなことをしたのか、自分でもよく分からない。

厨房の後に向かった洗濯場でも、ベリオンが同行したことが原因でラフィーナの身分が明るみに出ることとなった。

しかも、観念したラフィーナが水で濡《ぬ》らしたエプロンでそばかすを落とし素顔を見せたら、「全然変化がない」と笑われ落ち込んでしまった。

「顔を上げてください閣下。いつまでも隠し通せませんし、今日のことはいいきっかけでした。ところで、閣下はどうして知っていたんですか？」

「それは……」

使用人フィオナが妻の扮《ふん》する姿だと知っていた理由を問われ、ビクターの言葉を思い返す。

あれは洗濯場で初めてラフィーナの変装を見た日の夜のことだった。

『まさか彼女が奥様だったとは。奥様だと思って見れば分かったかもしれませんが、メイドの格好でメイドに紛れられてしまうと。え？　匂いですか？　いつも決まった香水を付けているならばともかく、匂いでは気づきませんよ……』

と、まるでベリオンの方がおかしいかのような言い草だった。

匂いで分かったのだと、本人相手には口が裂けても言えやしない。

「私には、君が王都の毒花などとは思えなかったからだ」

ベリオンは答えになっていない回答で話をすり替えた。

そもそも、今日ラフィーナに伝えたかったのはこれなのだ。

「いや、正直に言えば、最初はそう思っていた。くだらない噂に惑わされ、結婚してから今まで君に不当な態度を取ってきたんだ。申し訳なかった」

ベリオンが布を取って改めて頭を下げる。

しばらくそうした後に視線を上げてみれば、ラフィーナは目を丸くしていた。

何かを考え込んだり言おうとしたりとくるくる表情を変えていたが、最終的には恥ずかしそうにはにかんだ。

「今までの詫《わ》びをしたい。何かほしいものはないか？」

「お詫びなんて、そんな。ほしいものなんてありません」

「何でも良《い》いんだ。遠慮なく言ってくれ」

慣れない土地での暮らしはただ一日を過ごすだけでも大変だったはず。

そんな日々をねぎらうものでも、望む暮らしに足りないものでも、何だって与えよう。

辺境と呼ばれてはいるが、大抵のことに困らない程度の物も金もある。

「本当に大丈夫です。十分よくしていただいてますから」

「そうはいかない。言葉で謝るだけでは到底足りないようなことをしたんだ」

「いえ、でも、こちらに来てから不当な扱いをされたなんて思ったことはありません、本当に」

「不当だった！」

思わず声を張ると、ラフィーナがびくりと細い肩を揺らした。

それでもベリオンの言葉は止まらない。

「不当だったんだ、あれは。君はあんな扱いを受けるべき人ではなかった」

「…………」

遠慮がちなラフィーナの態度に、王都での彼女の扱われ方が透けて見えるような気がした。

ラフィーナは王都の毒花などではない。

それはベリオン自身が自らの目で見て確信したことだ。

言い方を変えれば、見ればすぐに分かることだった。

けれど彼女は王都で不名誉なあだ名を付けられ、辺境のバケモノの元へと送られてしまった。

ベリオンを許そうとするラフィーナは、心が広いというより自己評価が低いようにも思える。

彼女自身を見ようとしない周囲の態度がそうさせたのだろう。

「ラフィーナ。君は、毒花などではない」

言い聞かせるように言うと、ラフィーナの海色の目がじわりとにじんだ。

「あ、あれ？」

ラフィーナはさっと下を向いて顔を隠す。そして努めて明るい声で言った。

「すみません、目にゴミが入ってしまったみたいで」

目をこすろうとする妻の手を取った。

やはりラフィーナはベリオンが触れても恐れない。

この期に及んでその事実を再認識しながら、鋭い爪で傷を付けないよう手に力を込めた。

「泣いてもいいいんだ」

握った手が大きく揺れた。

ぽたりと落ちた雫《しずく》が、テーブルに小さな水たまりを作る。

「っ、……あれは、不当だったたんですね」

「あぁ」

「私、悲しかったんだ。もっと怒ったり、悲しんだりしてもよかったんだ……」

「あぁ、そうだ。……すまなかった、ラフィーナ」

王都ではもちろん、結婚後も不甲斐《ふがい》ない夫のせいで不安な思いをしてきたはずだ。

それなのに、しばらくして顔を上げた妻は、赤く染まった目を細めて微笑んだ。

「ありがとうございます、閣下」

「……………」

胸が締め付けられた。

礼を言われるようなことは何もしていない。罵られても文句は言えない。

静かに泣く彼女を慰《なぐさ》めたい。けれどその方法が分からない。
これからは笑って過ごしてほしい。幸せになってほしい。
幸せにしたい——この手で。
初めて生まれた感情の名を、ベリオンはまだ知らない。

■3　解けない呪い

結婚からおよそ二ヵ月。

変装して離婚後の準備に励《はげ》んでいたラフィーナだったが、将来設計が少々変わってきていた。

別れる時はなるべく円満に。その後は城を出て、アルガルド領の片隅でひっそりと暮らしていくつもりだった。

しかし今は、離婚後も城か城下町に残りたいと考えている。

というのも、ベリオンがラフィーナにあれこれと意見を求めてくるようになったからだ。

メイドたちの負担を削減し人手不足を解消する施策や、子供たちの教育に関して。そして、領内でよく採れるレモンの活用方法も。

どれもこれも前世の知識を提供しているに過ぎないのだが、ベリオンは重用してくれる。

この調子で城での地位を確立し、離婚後は部下として雇ってもらえないかと目論《もくろ》んでいるのであった。

（あっ、そうか、これが転生チートってやつね。素人《しろうと》知識なのは申し訳ないけど）

今この時も新たなレモンメニュー開発のため、ラフィーナは厨房《ちゅうぼう》の外でレモンを洗っている。

料理や飲み物に風味付けする程度だったレモンに新しい価値をつけ、アルガルドの名産品として広めたいとベリオンは考えているようだ。

「ふんふふーん、っと」

鼻歌まじりで大量のレモンを洗い終えたラフィーナは、少し離れた生け垣の向こうに目を留めた。

「あら？」

生け垣の緑から布が見えている。

まるでどこかから飛んできた洗濯物だが、ラフィーナはその布に見覚えがあった。

「閣下《かっか》？」

近づいてみるとそれはやはり、ベリオンが角を隠している布だった。

布はのっそりと立ち上がり、あっという間に見上げるほどとなる。

「お昼寝をしていたんですか？　寝るならベッドの方がいいと思いますよ」

「少し目を閉じていただけだ。君の歌が聞こえたから」

「聞こえていたんですか……お恥ずかしい」

「それに休む場所はどこでも慣れている。少し前まで遠征が多かったし、どうせ角が邪魔で横にもなれない」

「角？」

少し話を逸《そ》らされた気がしないでもないが、ラフィーナはベリオンの頭上に視線を向けた。

「言われてみれば、そうですよね……」

布に覆い隠されている角は、片方に二本ずつの計四本。

カーブを描きながら前から上へと生《は》えるものと、横から後ろへとねじれて生えるものだ。

前後左右に張り出しているので、これでは確かにベッドに寝そべることはできないように見えた。

仰向《あおむ》けや横向きはもちろん、うつ伏せもできないのだろう。

「いつも夜はどうやって寝ているんですか？」

ラフィーナとベリオンは夫婦だが、白い結婚なので夜をともにしたことはない。

よってベリオンが毎晩どこでどのようにして眠っているのか知らないし、考えたことすらなかった。

「椅子《いす》に座っている」

「椅子ですって⁉」

「と言っても、ソファだ。一人がけの」

ラフィーナは絶句した。それは寝ているとは言わない。

「しゃがんでもらってもいいですか？　もうちょっと……そのくらいで」

ベリオンはラフィーナの指示に従って腰を落とし、膝立《ひざだ》ちの状態となった。

妻が夫に頭を下げさせている形だが、幸いなことに生け垣に隠れて誰にも見えてはいない。

「少し我慢していてくださいね」

顔ごと頭を覆っていた布を脱がせる。

艶のない黒を目の前にしたラフィーナは、その角にそっと触れた。

「ふむ」

親指と小指を広げて大まかなサイズを測る。

角自体のサイズのほか、頭と角の縦、横、奥行きの差分も確認した。

ついでに、質感も触って確かめておく。表面はひんやりしていて、引っかかりもなくなめらかだ。

つるつるだが、磨《みが》いた鉱石やガラスとは触り心地が違う。

これが生き物の角かと、ラフィーナは初めての感触を楽しんでしまった。

「……っ」

何度か撫《な》でていると、大人しく角を触らせていたベリオンの身体《からだ》がわずかに揺れる。

「す、すみません。痛かったですか？」

「痛くはないんだが」

「神経が通っているんですね」

邪魔なのに切り落とさないのは見た目の問題かと思っていたが、それだけではないらしい。

(回復魔法で治せるからって、わざわざ痛い思いして切りたくはないわよね)

速やかに各サイズを測り終えたラフィーナは角から手を離した。

取っていた布を被《かぶ》せ直《なお》し、裾《すそ》を整《ととの》える。

「もう立ってくださって大丈夫です。ありがとうございました」

「角なんか測って何をするんだ？」

ベリオンはラフィーナが何かをするつもりなのだと信じて疑わない。

実際すでに構想を練ってはいるのだが、そう期待されると失敗が恥ずかしくて口にできないのだった。

「できるまでの秘密ということで」

「分かった。楽しみにしている」

「はい」

執務室に戻るベリオンの後ろ姿を見送りながらラフィーナは腕を組んだ。

(そういえば、こんなところに何の用だったのかしら？)

ラフィーナに用事でもあったのだろうが、角の話しかしていない。

(ま、夕食の時にでも聞けるでしょう)

結婚してすぐは夫と顔も合わせない日々が続いていたのに、今ではほぼ毎日会話を交わすようになっている。時間が合う限り食事も一緒だ。

変わったのはおそらく、ササミを飼いたいと頼んだあの日から。

転生チートで手動洗濯機やレモンピールを作ったことが評価されていたらしい。

ちなみに、ラフィーナの変装については「バレバレだった」とのお言葉を頂戴《ちょうだい》しているし、教会の裏庭でのことも知られていた。

(白い結婚のままだし、これなら離婚した後も、上司と部下として問題なさそうね)

頭の中であれこれと計画を組み立てる。

まずはきれいに洗ったレモンの加工から。すりおろした皮で焼き菓子を作ろうと考えている。

焼成は料理長にお願いして、その間にベリオンの角の方に取り掛かることにした。

材料や作り方についてはまたアルマを頼ることになりそうだ。

お礼のお菓子はたっぷり弾《はず》まなければ。

「命短し、恋せよ乙女《おとめ》！」

将来設計は少々変わったが、今世《こんせ》こそ恋をする目標は変わっていない。

いつ相手と出会えるかも分からない以上、時間はいくらあっても足りないくらいだ。

ベリオンを見送ったラフィーナも、足早に厨房へと戻った。

＊

数日後の朝食の席でラフィーナは言った。

「閣下」

「なんだ？」

「もしよろしければ今夜、主寝室に来ていただけませんか？」

「……ん？」

ラフィーナは、ベリオンが主寝室を使っているのだと思っていた。

しかし実際には、主寝室どころかベッドすら使わず、自室のソファに座っているだけだった。

横になるには四本の角が邪魔になるからだ。

（睡眠は食事と並ぶ健康の柱。領主たるもの、おざなりにしていいものではないわ）

本人は慣れていると言うが、それでラフィーナの気が済むわけがない。

「今晩、お休みになる際は主寝室に」

「いや、聞こえなかったわけではないんだ。二度も言わせてしまってすまない。だが……」

ベリオンは言葉を詰まらせている。

その理由が分からないラフィーナだったが、少ししてはっと息を呑《の》んだ。

「もしかして、ご用事がありましたか？」

ベリオンは辺境伯家の当主であり貴族だ。

この姿であっても夜会などに招かれる機会があるだろう。

しかしその妻であるラフィーナは出席するよう言われていない。

それはおそらく、ラフィーナが王都の毒花だからだ。

上司と部下としては上手《うま》くやっていけそうな雰囲気になっているが、妻として社交させるには問題があると思われているのだろう。

（王都の毒花は夜会に出れば必ず男性と二人きりになっていたみたいだしね）

確かにこの顔は美女と呼べるほど整っている。男好きのする顔だとも思う。

しかし、性格は見た目と真逆だった。

前世を思い出す前のラフィーナは心優しく純粋で、この世に悪があるなど思っていない節さえあった。

だから名前を騙《かた》られた時は理由が分からず恐怖したし、妹がそれをやっているなどとは考えたこともなかった。

（カトリーナが、笑うまでは）

両親に淫乱となじられた時、その様子を見ていた妹の口元が弧を描いたのを目にしたことがある。

それでようやく、誰が自分の名を騙っていたのかを知ったのだ。

ラフィーナとカトリーナは血の繋《つな》がりがないにもかかわらずよく似ている。

髪や目の色はもちろん、顔立ちもだ。

強《し》いて違いを挙げるなら、ラフィーナがつり目で、カトリーナがたれ目だという程度。

化粧で姉の顔に似せることは難しくなかっただろう。

それでなくても夜は顔が見えにくい。

男性と二人きりになる時だけラフィーナと名乗れば、王都の毒花は簡単に出来上がる。

(ま、証拠はないのだけれど)

ベリオンはラフィーナの二つ名が嘘《うそ》だと分かってくれている。

それでも王都の毒花などと呼ばれるような女を南方貴族の社交に入れたくはないのだろう。

ラフィーナに夜会のことを言わないのはそのために違いない。

「閣下、私は勝手にお城を抜け出したりいたしません。閣下の知らないところでご迷惑をかけたりもいたしません。ですから私のことは気にせず、安心してご用事をお済ませください」

「特に用事はないが」

「あら、そうでしたか」

ベリオンは炭酸水のグラスを飲み干してから言った。

「だから、つまり……本当にいいのか? 寝室に行っても……」

「もちろんです。私がお願いしているのですから」

空になったグラスを弄《もてあそ》びながら、ベリオンはなおも遠慮がちに確認を続ける。

「私は見ての通りだから、君だってさすがに、その、恐ろしいだろう」

「今さらすぎます」

ラフィーナは自分の心配が杞憂だったことを理解した。

ラフィーナが『王都の毒花』と言われることを気にするように、ベリオンも『バケモノ辺境伯』

である己の姿を気にしていただけのことらしい。

「確かに驚きはしました。でも、怖いと思ったことはありません。本当ですよ」

「……どうして？」

「どうしてって、だって……」

深緑の瞳と視線がぶつかる。

その瞬間、いつぞやのことを思い出し、顔に熱が集まった。

――君は、猫じゃないのに？

あの日もベリオンは、足元にササミをじゃれつかせながら同じような目をして言った。

（あれって、私がこの人を優しいと思ってるってことがうっかり知られたというか。むしろ私がそれを自覚した瞬間だったというか）

知られてまずい感情ではない。

なのになぜか、あの場の雰囲気か視線か、何かがラフィーナをいたたまれない気持ちにさせたのだ。

（サブカル文化のおかげで耐性があっただけだとは言えないし、えーと）

「本能で大丈夫だと思ったんです。ですからこれ以上は上手く言えません」

ほかにもっとマシな言い分があっただろうが、一度口にしてしまった言葉は戻らない。

「…………」

「…………」

「……分かった」

永遠のように長い数秒の後、ベリオンは頷《うなず》いた。

「今夜は主寝室に行く」

「お待ちしています」

＊

夜、主寝室の扉が開かれる。

「こんばんは、閣下」

「あぁ」

ベリオンは約束通りラフィーナの元にやってきた。

角を隠すいつもの布の下は緩やかな夜着となっている。きちんと寝支度《ねじたく》を整えてきたようだ。

対するラフィーナはきっちり服を着込んだままで髪の毛も解《ほど》いていない。

ベリオンはそんな妻をじっと見ていたが、何も口にはしなかった。

(もしや、寝室に普段着の人間がいるとリラックスできないタイプだったとか？　配慮が足りなかったわ……)

しかし忙しいベリオンを待たせてまで着替えてくるのも気が引ける。

逡巡《しゅんじゅん》した結果、このまま計画を進めることにした。

「さ、どうぞ。こちらに腰掛けてください」

ベリオンをベッドの縁《ふち》に座らせる。

部屋の隅に置いていたものを持ってくると、それを掲《かか》げてみせた。

「今回はこれを作ってみたんです。箱枕といいます」

時代劇でよく見るあれだ。

髷《まげ》を崩さないよう眠るためにあえて高さを出しているものだが、ベリオンの角にも応用できるのではないかと思い作ってみたのだった。

本来木の箱である土台部分は、籐《とう》のような植物で編んだ箱状のものにした。

ある程度の高さを籐編みの土台で出し、その上に綿をたくさん詰め込んだクッションを置く。

紐《ひも》で土台に固定すれば洋風箱枕の出来上がりだ。

枕の高さや幅については以前測った角の数値を反映してある。

多少過不足ある分はクッション部分の大きさや綿の量を増減するだけで微調整可能だ。

籐編みの部分は簡単に直せないが、クッション部分だけならメンテナンスが簡単なので、あえて二層式の箱枕を選んだのだった。

「これなら角を気にせず横になれると思うんです。試してみていただけませんか?」

「あ、あぁ」

ヘッドボードの手前に箱枕を置いたラフィーナは、ベリオンのテンションが低いことに気がついていた。

無理もない。現代日本人の記憶と感覚を持つラフィーナですら、箱枕で眠ることは難しいと感じるのだから。

「慣れないうちは眠れないと思いますが、慣れてきたら意外に眠れると聞いた……いえ、何かの本で読んだことがありますので、何日か使ってみてほしいんです」

「……分かった」

ベリオンは覚悟を決めたように頷いて、ゆっくりとベッドの上に身体を横たえた。

「頭ではなくて、首に当たるように……ちょっと失礼しますね」

長く豊かな赤髪が首と枕の間に挟まらないようまとめて横に流し、枕の位置を調節する。

手でざっくり測っただけだったが、高さや枕の幅はさほど問題ないようだ。

角が枕やシーツに当たることなく仰向けになることができていた。

「角や根元に負荷はかかっていませんか？」

「大丈夫だ」

「では、横を向いてみてください。寝返りがしにくいとは思いますが……」

ベリオンがもぞもぞと横を向く。尻尾《しっぽ》が一度、大きく動いてシーツを打った。

（どういう感情なんだろう？）

右も左も問題ないことを確認して、ベリオンは仰向けの状態に戻った。

「一人がけのソファに座るよりも休めるといいのですが」

「横になれるだけでもずいぶん違う。ありがとう」

「礼には及びません。よければ今日はこのまま、こちらでお休みくださいね」

そう言って、ラフィーナは足元に避《よ》けていた薄手の毛布をふわりと被せた。

ベッドの隅に置いていた大きな布もきちんと畳んで、サイドボードの上に置いておく。

「ランプは消しますか？　一番暗い灯《あか》りにしますか？」

「まだそのままでいい。……君はまだ寝ないのか？」

「そうですね。読みかけの本がいいところなので」

「……そうか……」

「では、おやすみなさい」

「…………おやすみ」

自室へ戻り寝支度を整えたラフィーナは、夜中に本を読み切ってからぐっすり眠った。

対するベリオンは結局一睡もできなかったのだが――眠れなかった本当の理由をラフィーナは知るよしもない。

＊

翌日、ラフィーナは城の書庫に来ていた。

魔法関連の棚の前で腕を組み、タイトルを眺《なが》める。

（箱枕はあくまで応急処置のようなもの。根本的にどうにかしないと）

この先ベリオンが慣れたとしても、箱枕では限度があるはずだ。

いつも頭からつま先まで覆うほどの布を被っているのだって煩《わずら》わしいことだろう。

（アルマ曰《いわ》く、お城の慢性的な人手不足も、皆が閣下の姿を本能的に怖がってしまうせいだってことだけど……これぱかりは転生チートも無力……）

リザードマンに似たベリオンの姿は、魔物を殺した際に受けた呪いによるものらしい。

魔法と同じく呪いが実在するこの世界とは違い、前世の地球には魔法も呪いも物語の中にしか存在していなかった。転生の恩恵には与《あずか》れない分野なので、新しい知識として吸収するしかない。

ラフィーナは適当な本を手に取りその場で開いてみた。

(これは精霊術の本ね)

この世界の魔法は大きく二種類に分類される。

ひとつは、自分の持つ魔力を魔法陣に流して事象を発生させるもの。

もうひとつは、精霊の力を借りて事象を発生させるものだ。

しかしそれはベリオンの呪いとは関係ないような気がして、すぐ本棚に戻した。

(呪いの本、呪いの本……そんなのあるのかしら)

あったとしても文字が血で書かれているとか、表紙に口が付いていて喋《しゃべ》ったり噛《か》まれたりするとか、恐ろしいもののような気がしてしまう。

「あ。あった」

ラフィーナが見つけたのは『世界の呪い大全』。タイトルだけなら比較的健全そうだ。

本は一番上の棚に収まっている。

つま先立ちをして腕を伸ばしたが、背表紙に指がかするだけで本を取れなかった。

「もう、すこ、しっ！」

ぴょんぴょんと飛び跳ねる。

もう少しで取れそうな勢いがついてきた時、背後から伸びてきたほかの手が『世界の呪い大全』を取った。

着地したラフィーナに分厚い本が恭《うやうや》しく差し出される。

「どうぞ、奥様」

「ビクター」

ラフィーナの代わりに『世界の呪い大全』を取ってくれたのは、この城の家令《かれい》、ビクターだった。

ビクターは先々代の頃からこの城と領地の運営に携わっている、アルガルド領の生き字引らしい。

バケモノ姿となったベリオンを見ても怯えない人間の一人で、呪いを受ける前からずいぶん頼りにしていたのだそうだ。

「ありがとう、ビクター」

「ほかにも必要な本がございましたら、何なりとお命じください」

「じゃあ……ほかにも呪いに関する本があれば、教えていただけますか？」

ビクターはしばらく考えるような素振りを見せてから言った。

「旦那様の呪いのことですかな？」

「ええ。何か少しでもお力になれないかと思って、まずは勉強でもしてみようかと」

ラフィーナの言葉に、ビクターは鼻の付け根をぎゅっと摘《つま》んだ。

何かと思っているうちに鼻をすすり始め、ラフィーナも焦《あせ》り出す。

「ど、どうされたんですか？」

「いえ。歳《とし》を取ると、どうにもいけませんな……」

ベリオンとビクターの関係には主従を超えた、孫と祖父のような親しさを感じることがある。

主《あるじ》の受けた呪いについては、もしかしたら本人以上に思うところがあったのかもしれない。

ラフィーナはそっとハンカチを差し出した。

「旦那様を差し置いてわたくしめが奥様のハンカチをお借りするなど恐れ多い。お気持ちだけありがたく頂戴いたします」

柔《やわ》らかく遠慮されたハンカチをポケットにしまったラフィーナに向けて、ビクターは続けた。

「旦那様の呪いについてはもちろん、アルガルドの魔法士、精霊術士、学者や神官などが力を尽くして参りました。しかし、解呪は不可能であると結論が出ているのです」

「不可能、ですか？　絶対に？」

「ええ、絶対です」

ビクターは棚から一冊の本を取り出した。

『世界の呪い大全』の近くにあったもので、『祝福と呪い』というタイトルだ。

その本を開き、ラフィーナに向けて一文を指差す。

「ここに書かれている通り、呪いとは術者本人でも解けないものの方が多いのです。解呪まで自由に行える者は呪術士などと呼ばれていますが、それも他人のかけた呪いを解くには至りません」

「そうなんですね……それに、術者本人というと」

「砂漠の主《ぬし》です。旦那様がとどめを刺し、絶命しています」

「砂漠の主……」

砂漠の主とは、砂漠の中心近くに住まうトカゲ型の魔物のことだ。

長期にわたって同じ個体と思われる目撃情報があることと、ほかの魔物たちを従える様子もあったことから、主と呼ばれるようになった。

「オアシスを繋ぐ街道を襲い始め、交易に影響が生じるようになり、国王陛下から討伐命令が下されたのは十年以上も前となります。砂漠の主は強く、討ち損じ続け……そして、二年前。先代、つまりベリオン様の父君が砂漠の主を追い詰めたのです。ご自身も致命傷を負いながら」

言葉を失うラフィーナに、ビクターは続けた。

「ベリオン様は……先代ごと……砂漠の主を、討たれました。もちろんベリオン様は父君を助けたかった。ですがそう言っていられるほど甘い相手ではなかったのです」

「……そんな」

「砂漠の主は死にましたが、絶命する瞬間、ベリオン様に呪いをかけました。それで今のお姿になったのです」

王都で聞いていた話とはまったく違う。

ベリオンは砂漠の主を討伐し、国王直々に結婚を世話されるほどの英雄となったが、同時に実の父を殺した人でなしであるとも思われていた。

そのようなバケモノだからこそ砂漠の主も殺すことができたのだろうと。

「幼い頃からの婚約者もいらっしゃいましたが、旦那様の変わってしまったお姿を見てすぐ、婚約の解消を申し出られました。旦那様はこれを直ちにお認めになりました」

「……そうでしたか」

人の噂《うわさ》があてにならないものだということはラフィーナも身をもって知っている。

しかし『王都の毒花』以上に、『バケモノ辺境伯』の話は捻《ね》じ曲《ま》げられているようだった。

アルガルドと王都が遠く離れている分、事実が改変されやすいのだろう。

「教えてくださって、ありがとうございます」

「いいえ。本当はもっと早くお伝えすべきことでございました」

しんみりしてしまった空気を払拭《ふっしょく》するように、ビクターは明るい声で続けた。

「術者本人でも解けない上、術者である砂漠の主はすでに死にました。よって旦那様の呪いは解けないのですが、あれはあれで便利なのだそうですよ」

「便利？」

「人間だった頃より身体能力が向上しているようで。砂漠の主が消えても魔物の討伐は続きますから、腕っぷしは強い方が良《い》いのです」

「まぁ。そういうものですか」

「ご本人がそうおっしゃいますので、そういうものなのでしょうな」

ビクターが茶目っ気を含ませて笑うので、釣られてラフィーナも笑った。

*

ベリオンの呪いは解けない。

そう聞かされたが、ラフィーナは『世界の呪い大全』と『祝福と呪い』の二冊を借りた。

呪いについてはまったく知識がないに等しいので、読むだけ読んでみようと思ってのことだ。

部屋に戻って机に本を置く。それからなんとはなしに部屋を見渡して、部屋の一角に設置したササミの餌皿の中身が朝からまったく減っていないことに気がついた。よくよく見れば水も減っていない。

「もうすぐお昼なのに」

すっかり家猫となったササミは自分で餌を捕ってこなくなった。

しかし厨房は立ち入り禁止なので近づいても餌はもらえないことになっている。

ラフィーナの部屋で餌を食べなければお腹《なか》を空かせてしまうはずなのだが、朝ごはんも食べずにどこへ行ってしまったのだろう。

「ササミ？　どこなの？」

ベッドの下やクローゼットの中まで見てみるが、ササミの姿はない。

部屋を出て廊下で猫を探すラフィーナをベリオンが呼び止めた。

「ササミなら私の部屋で寝ていたよ」

「閣下！　はぁ、良かった。迷子にでもなったかと思いました」

「そんなに心配だったなら見に来るか？」

ラフィーナが返事をする前に、ベリオンは続けた。

「ついでに私の部屋で一緒に昼食でもどうだろう。教育計画のことで意見をもらいたかったんだ。君さえよければ、だけど……」

「ありがとうございます。喜んでご一緒させていただきます」

「じゃあ、行こうか」

ササミが餌も食べずにベリオンの部屋で。

それほど猫に懐かれているベリオンは、やはり優しい人だ。

（呪いさえなければ……）

そう思わずにはいられなかった。

＊

城主の部屋は、ラフィーナの部屋とは主寝室を挟んだ反対側にある。

近いのに見るのも入るのも初めてのベリオンの部屋は、思っていたより物が少なく質素だった。

広さはラフィーナの部屋と変わらないくらいだと思うのだが、ずいぶんと広く見える。

（ベッド、置いてすらないのね）

その代わりにあるのが柔らかそうな一人がけのソファだ。

ササミはそのソファを占領し丸くなっていた。

ラフィーナがのぞき込むと薄目を開けるだけで、身動きひとつしない。

「ササミ、あなたお腹空いてないの？　朝の分でよければここに置いておくからね」

ここに来る前に自室から持ってきておいた餌と水をソファ正面の壁際《かべぎわ》に置く。

ササミはのっそり起き上がって大あくびをしながら歩き、「なんっ」と鳴いてから餌を食べた。

野良猫だったはずなのにすっかり怠惰なものだ。

そんなところもかわいくて、ラフィーナの頬は緩んでしまう。

「私たちの分もすぐに運ばれてくる」

「はい。実は今日のお昼は、私が考えたメニューを料理長に作ってもらってるんです。気に入ってもらえるといいのですが」

「それは楽しみだな」

ベリオンに椅子を引いてもらい、席に着く。

「ありがとうございます」

ラフィーナが礼を言うと、ベリオンはわずかに微笑《ほほえ》んだ。

実際のところ爬虫類顔《はちゅうるいがお》のせいで表情の変化はないのだが、深緑の目は意外にも喜怒哀楽を映している。

(普段は布に隠れてるから、この姿の閣下も笑ったりするんだって知ってる人は少ないんでしょうね。もったいない)

ベリオンはバケモノではなく、人間だ。

割と感情豊かで、領地と領民を思っている人なのだと、出会って数ヵ月のラフィーナですら知っている。

(もっとみんなに分かってもらえないかな。そしたら、きっと……)

「お待たせいたしました」

考え込むラフィーナの横に、いつの間にかビクターとイスティが現れていた。

ビクターは料理の皿をワゴンからテーブルへと手際《てぎわ》よく移していく。

イスティが飲み物を用意し終えると二人は早々に退出し、部屋にはラフィーナとベリオンだけが残された。

ササミは一足先に食事を終え、またソファに戻ったようだ。

「美味《おい》しそうだな。サンドイッチか？」

「薄く焼いたハンバーグとチーズを挟んでいるので、『チーズバーガー』と呼んでいます」

「なるほど」

昼食のメインはチーズバーガーだ。

付け合わせはパリパリのポテトチップス。飲み物にはレモンスカッシュを用意した。

ジャンクなあの味を思い出してしまった時にカッとなって開発したメニューである。

「ナイフとフォークを使ってもいいですが、ぜひ素手で、ぱくっと食べていただきたいです」

「素手で、ぱくっと」

肉の複数部位を混ぜて食感よくジューシーに仕上げたパティと、野菜とチーズを丸パンで挟んだ。

ソースにはアルガルド地方の肉料理によく使われるものを活用している。

「いただきます」

一応並べられているカトラリーを無視してチーズバーガーを摑《つか》んだラフィーナは、遠慮なく口を開けてぱくりと食べた。

できたてで、とろけたチーズと肉汁が口の中いっぱいに広がる。

記憶にあるジャンクな味わいとはほど遠いものの、これはこれでとても美味しかった。

バーガーを片手で持ったまま、もう片方の手でうすしお味のポテトチップスをつまむ。

フライドポテトではなくあえてポテトチップスを添えることで、ハンバーガーの再現しきれないジャンクさを補うねらいがある。

この世界にもフライドポテトまでは存在していたが、薄くスライスしてカリカリになるまで揚げる、というのは無謀に思われたらしく、レシピを渡した直後は「何たる暴挙！」と驚かれたものだ。

そして、冷たいレモンスカッシュを喉に流した。

レモンスカッシュは、この地方に昔からある香草入りレモンシロップを使ったものだ。

アルガルドではそこかしこに天然の炭酸水が湧き出ており、シロップと割ってよく飲まれている。

（コーラはさすがに難しいわよね。クラフトコーラって都市伝説なんだっけ？　スパイス？　カラメル？　ライム……あ）

気がついた時には、ベリオンの視線がラフィーナに注《そそ》がれていた。

日本人としては当たり前の手づかみも、貴族女性としてははしたなかったかもしれない。

二口目を迷い始めるラフィーナの正面で、ベリオンもチーズバーガーを手に大口を開けた。

パティ一枚のラフィーナに対して、ベリオンはパティ五枚と大変わんぱくな一品になっている。

必然的に大きく開けられた口からは、鋭い牙と赤い舌が覗《のぞ》いた。

手づかみでありながら隠しきれない上品さとの対比が凄《すさ》まじい。

一口で三分の一ほど食べてからポテチを数枚かじったベリオンは、長い咀嚼《そしゃく》の後にしみじみと呟《つぶや》いた。

「……美味《うま》いな……」

やはりどの世界でも糖と脂質は強いようだ。

食べすぎないよう注意喚起しておこうと決意しながら、ラフィーナも二口目を食べた。

「君の考えるものは何でも面白い。食べ物も枕も、元々王都にあったものなのか？」

「いえ、大抵のことは、本……」

前世の記憶だと言うわけにもいかない。

本に書いてあったと言おうとしたラフィーナだったが、ハンバーガーにかぶりつくことで強制的に口を塞《ふさ》いだ。

（どの本にも書かれてないってバレた時、生まれ変わりを説明しないといけなくなるわ……）

「もぐ……本、を読んでいるうちに、なんとなくひらめいたような感じでして」

「君には才能があるんだろうな」

天才のように言われるのは本意ではない。

しかし前世の記憶があると言うよりはマシな気がして、曖昧に笑ってしまったのだった。

＊

街の子供たちの教育について話し合いながら食事を終え、箱枕に話題が移る。

「ところで、昨夜はいかがでしたか？」

「あぁ、うん。熟睡とはいかなかったが……ゆっくり休めたよ」

「よかったです。首が痛くなったりとかは？」

「そういえば、朝方から少し土台の網目《あみめ》が当たる感じがした」

四本の立派な角はそれなりに重量もありそうだ。

思っているよりすぐに綿がへたってしまうのかもしれない。

「綿を詰め直しましょうか。それと、クッション部分の替えをいくつか作っておきます。綿がへたって気になってきたら、すぐに取り替えていただければ気にならなくなると思いますので」

「世話をかけるな」

「このくらい何でもありませんよ」

一度部屋に裁縫道具を取りに戻ってから、箱枕のある主寝室へと移動する。

あちらこちらを歩く間ベリオンの尻尾にじゃれつきながらついてきたササミも、広い寝台に飛び乗って毛繕いを始めた。

「確かに綿が偏ってしまってますね」

一晩使った箱枕を見てみると、クッション部分の真ん中より右側が明らかに凹《へこ》んでいた。

角の重量に加えて、綿の詰め方が甘かったのかもしれない。

クッションを固定していた紐をほどく。籐編みの土台は問題なさそうだ。

続けてクッションの縫い目をほどき、一度全ての綿を取り出してから、追加の綿を馴染《なじ》ませてぎゅうぎゅうに詰め直した。

「少し寝てみて、網目が当たる感じがないか確認いただけますか？」

「……うん、大丈夫そうだ」

「よかった。今、予備のクッションを作りますね。まっすぐ縫うだけですから、すぐですよ」

「ありがとう」

裁《た》ちバサミで布を切り、端の始末をしてから筒状にチクチクと縫っていく。

針を刺す小さな音を聞きながら、ラフィーナは考えていた。

(呪いさえなければなぁ)

呪いさえなければ、箱枕なんて使わなくてもベッドで眠ることができた。

呪いさえなければ、頭から大きな布を被って角を隠さなくてもよかった。

もうずっと、同じことばかり思っている。


呪いさえなければ、ベリオンはラフィーナと結婚することもなかったのだ、と。


ラフィーナがベリオンと結婚したのは、『バケモノ辺境伯』を泣いて嫌がるカトリーナに押し付けられたから。

だが、相手が『バケモノ辺境伯』ではなかったら?

ベリオンは元の婚約者と結婚していたかもしれない。

同じように王命が下ったとしても、婚約者のいないカトリーナが受けていただろう。

(カトリーナじゃなくても、立候補するご令嬢はたくさんいたはず)

砂漠の主に脅かされてはいたものの、アルガルドは豊かだ。

居住区域は緑も水も豊富で、少々乾燥してはいるが温暖な気候で過ごしやすい。

白亜の城と青い空は美しく、夫となるベリオンは優しい。

結婚相手として悪い条件ではない。

本当は、『王都の毒花』などと結婚するような人ではなかったのだ。

(呪いさえなければ、私と離婚して別の方との再婚も可能ということ。そして私はまだ見ぬ誰かと恋をするのよ)

しかし呪いを解くことはできないらしい。

呪いが解けなければ次の結婚は難しい。

つまり、いくらベリオンが望んだとしても、ラフィーナとの離婚は国王が認めないかもしれない。

それでは離婚ができない。

ラフィーナに浮気や不倫といったことをするつもりはなかった。

今世こそ恋をするという目標はすでにどん詰まりである。

言い表せぬ感情を込めて大量の綿をぎゅっと詰め込んだ。

キャラメル包みにして縫い目を閉じ、ぎゅむぎゅむと押して出来栄えを確かめる。

「閣下、でき――……」

新しい方の寝心地も確かめてもらおうとベリオンに声をかけようとして、口をつぐんだ。

目の前のベッドに横たわるベリオンが、目を閉じたまま穏やかな寝息を立てていたからだ。

しかも。

(かっ、かわっ……、かわいいっ……!)

いつの間にやら、腹の上にササミが乗っていた。

ベリオンが呼吸するたびにヘソ天状態のササミも若干上下している。

あまりの絶景にラフィーナは顔を両手で覆った。

指の隙間《すきま》からちらりと見ては、ため息をつく。

「はぁ。なぜ今この瞬間、手元にカメラがないんだろう……」

猫とうたた寝しているリザードマンのなんと素晴らしいこと。

ラフィーナには絵心がない。

この光景を後から見返せる形に残せないことが悔やまれてしかたなかった。

（デジカメ的なものは無理だけど、昔のカメラだったら……）

写真を撮ると魂を抜かれる、などと言われていた頃のようなカメラを思い描く。

「レンズと蛇腹みたいな箱、黒い布、あとは……ガラスの板？」

ぶつぶつと呟いていたラフィーナがうるさかったらしい。

目を覚ましたササミが「んなっ」と小さな声で文句を言った。

「うるさくして、ごめんね」

ベリオンの腹の上で背中を丸めるように伸びをしたササミは再びうずくまった。

二度寝を決め込むようだ。

せっかく横になって眠れているのだから、ベリオンもそっとしておいた方がいいだろう。

ビクターに伝えて、程よいところで起こしてもらえばいい。

ササミの柔らかな毛並みを撫でてから部屋を出ようとしたラフィーナだったが、伸ばした腕を何かに取られ、呼吸を忘れた。

「へ？」

ベリオンだ。

ラフィーナの手首を掴んだベリオンは、そのまま自分の方へと手を引き寄せている。

（え？　え？　寝ぼけてる？）

鋭い爪でラフィーナの肌が傷つかないような、しかし抵抗を許さない程度の力加減だった。

されるがままとなっているラフィーナの目の前で、自分の手がベリオンの口元へと近づけられていく。

一連の様子がスローモーションのように見える。

気づいた時には、手のひらが鼻先に押し付けられていた。

「……ラフィーナ……」

「っ⁉」

前世と合わせても人生で聞いたことのないような甘い声が耳に響いて、淡く全身が震えた。

一緒に脳まで痺《しび》れたようで、何が起こっているのか理解できない。

ベリオンの力が緩む。

この瞬間を逃さず、何かを考えるより前にするりと手を抜き取った。

座っていたベッドの縁から立ち上がり、極力足音を立てないようにして部屋を出る。

（……寝ぼけて、て、手のひら、くっついただけ。しかも鼻だし……）

だからラフィーナは、先ほどの声を聞かなかったことにした。

（わ、私は、今世では恋をするんだからっ）

どん詰まりとはいえまだ諦めきれたわけではない。

ただその相手がベリオンではないというのが問題なだけで。

ラフィーナとベリオンは間違いなく夫婦ではあるが、白い結婚だ。

そういう関係にはならないと初夜の日にきっぱり言われている。

恋をするにも公序良俗に反したくないラフィーナとしては、離婚するなら早くしたいのだった。

（とにもかくにも、呪いさえなければ、こんなことには……！）

足早に廊下を歩きベリオンの執務室に向かった。

そこにいたビクターに「閣下が寝室で休んでいるから、適当なところで起こして差し上げてください」と伝えておく。

それから着替えもしないで洗濯場に走り、折よくその場にいたアルマの洗濯物を奪った。

「フィっ……じゃなくて、奥様⁉」

洗濯木は使わず、溜《た》め池《いけ》の冷たい水に素手を突っ込む。

「な、なにやってるの⁉　すごく顔赤いよ⁉　熱あるならそんなことしちゃダメだよ！」

「いいの！　熱を冷ますためにやってるの！」

見たこともない砂漠の主に恨みを込めて、思いきり洗濯物を擦った。

■4　精霊のカメラ

写真とは、レンズで光を集め、ガラスだか銀だかの板に写した画像を薬品で定着させたもの。

どうにもならないほど曖昧《あいまい》な知識だったが、ラフィーナはそのように認識していた。

考えていても細かいことは分からない。

そういうわけでここ数週間、ラフィーナはずっと手を動かしている。

いわゆる写真機はないが、遠くのものを見るための望遠鏡はこの世界にも存在している。

使われなくなった望遠鏡からちょうど良さそうなレンズを拝借し、記憶にあるレトロな感じの箱を作った。

ピントを合わせるためのものだろう蛇腹は黒い紙を折って作る。

本来は武器の反射を消すために使う艶なしの黒色塗料というものがあったので、遮光性が上がるかと思い塗布しておいた。

レンズの反対側には一般的な写真と同程度の大きさのガラス板を設置する。

三脚代わりの脚立《きゃたつ》に載せ、黒い布で覆ってからのぞき込むと、お茶の用意をしに来たイスティがぼんやり映り込んだ。

レンズを動かし、ピントを合わせる。

すると、レンズの方を向いたイスティが左右上下反転した状態でくっきりと映し出された。

「うわ！　すごい！」

まさかここまで上手《うま》くいくとは思っていなかった。

イスティもカメラをのぞき込み、反転して映り込む景色に感嘆の声を上げる。

「すごいですね、奥様！　これはどのようにして使うものなのですか？」

イスティが尋ねる。

それに対してラフィーナは、沈んだ表情で答えた。

「ここまで作ったはいいんですが……これ以上は私の知識では難しいかもしれなくて……」

「えっ？」

映った像をトレースして写実的な絵を描くことはできるかもしれないが、ラフィーナが作りたかったものはあくまで写真機だ。

その時の瞬間をそのまま残したいのだ。

（でも、薬品のあたりはもう本当に、心の底からお手上げなのよね）

今はそのまま設置しているだけのガラス板に、いろいろなものを混ぜた薬液を塗らなければいけないはず。その後も赤い光が灯《とも》る暗室で何かをしていたと思うのだが、そのあたりのことは一切《いっさい》見当がつかない。

結局ラフィーナが作ったのは投影像を得るだけの装置だ。おそらく需要はない。

（でも、何かしていないと落ち着かなかったから……）

手と耳にまだあの時の感覚が残っているような気がして、声に出すでもなく言い訳をした。

（結婚式の時は何も思わなかったのに）

手のひらに押し付けられた鱗《うろこ》と、身体《からだ》の奥に響くような声。

考えないようにしていても思い出してしまって、ラフィーナは少し冷めたお茶を一気に飲み干した。

お茶を下げたイスティが部屋から出て一人になると、ラフィーナは部屋を片付け始める。

ここしばらくはカメラ作りのためにものを出しっぱなしにしていることが増え、散らかり放題となっていたのだ。

どこに何があるかは把握しているからという汚部屋常套句《じょうとうく》を口にして、散らかった部屋に眉をひそめるイスティに手出しさせなかったので、片付けも全て一人で行う。

散らかっているのは箱を作った木の板、蛇腹を作った紙、塗料を塗った筆、暗幕用の布の切れ端、製作過程で出た失敗作など。

捨てるもの、取っておくものを分別しながら部屋の中を動き回っていると、小さな声が聞こえてきた。


「コレナニ」

「ナニコレ。ワカラナイわ」

小さな子供のような高い声だった。

「ドウ、ツカウ?」

「ドウ、シタイの?」

開けた窓から使用人の子供たちの話し声でも届いているのだろう。

ラフィーナが教会の裏庭で青空学級を開いたことを発端に、アルガルドでは児童教育カリキュラムが組まれ始めている。その参考とするために使用人の子が招かれることになっていた。

「ネエ、ッテば！」

「きゃあっ」

突然耳元で大声を出されて、ラフィーナは文字通り飛び上がった。

そのままベッドの上に転げ落ちる。

「マダ、ハナサナイの？　ズット？」

「えっ、誰⁉　どこ⁉」

耳を押さえながら上体を起こし、キョロキョロとあたりを見回した。

どこか遠くの話し声だと思っていたが、いつの間にか子供たちが部屋に入ってきてしまったらしい。『人の部屋に入る前にはノックをしましょう』もカリキュラムに加えるべきだろうか。

「ココ、ダよ」

「どこ？」

「ウエ、ウエ」

下を見ていたラフィーナが視線を上げると、そこには子供が二人、宙に浮いていた。

半透明で、身長十センチ程度の小人だ。

「わっ」

驚いたラフィーナだったが、同時に懐かしさを感じた。

「光の、精霊?」

「セイカーイ!」


この世界には火、水、風、土、光の精霊がそこかしこに存在している。

ふよふよ浮かぶ手のひらサイズの二人は光の精霊だ。

「モウ、ハナシテクレナイ、ッテオモッテタ」

「ネ。イッショウ」

「え?」

白っぽい髪を後ろで三編《みつあ》みにした精霊が頬をふくらませる。

その言葉に、父親の声を思い出した。

『お前はせっかくの精霊術士だったのに魔法のひとつも使えない役立たず——』

彼らの姿を見て、対話と交渉によってその力を借りることができる者を、精霊術士と呼ぶ。

(そうだ。私って確か……)

前世の人格が強く出ていたためすっかり忘れていたが、ラフィーナは精霊の姿を見て言葉を交わす者——精霊術士だった。

よく思い出してみれば幼い頃は精霊とおしゃべりをしていたし、その力を借りることもあった。

しかし次第に、精霊に話しかけられても答えないようになった。

彼らの言葉を聞かないようになった。

いつの頃からか両親が、精霊術士であるラフィーナを戦地に送り込もうとするようになったからだ。

いつしかラフィーナの目は精霊を映さなくなり、耳は精霊の声を聞かなくなった。

周囲には精霊術士ではなくなったと思われていたし、ラフィーナ自身もそう思っていたのだが、そうではなかったらしい。

「あの……今まで無視しててごめんね。本当はずっと、話したかったんだけど……」

「ワカッテル。ヤサシイ、から」

短いくせ毛の精霊が続けた。

「魔物、殺シタクナカッタ、殺サセタク、ナカッタ。デショ？」

ラフィーナは頷《うなず》いた。

魔物が死ぬと身体は朽《く》ちて灰となり、中から『魔核』と呼ばれる宝石のようなものが出てくる。

魔核は魔力を内包するエネルギー源として人間たちに使われていた。

人間は魔核を求めて魔物を殺した。

魔物を殺し、魔核を得ることは社会貢献であり、名誉なことだとされている。

しかし魔物と同じくらい、魔物との戦いに駆り出された人間も死に、遺された子供が路頭に迷う。

そうやって親を亡くした子供を貴族が引き取り育てることも、一種の社会的ステータスになっていた。

（本末転倒もいいところだけどね）

カトリーナがオーレン侯爵家に養子として迎え入れられたのは、彼女が魔物との戦いで親を亡くした孤児だったからだ。

　さらに精霊術士のラフィーナを戦場に送り込むことで、両親はより大きな称賛を得たかったのだろう。

「魔核が便利なのは分かるけど、あそこまでして求めるのはおかしいって思ってたの。そんなふうにして得る名誉も何が偉いのか分からなかったし、精霊術を使って魔物を殺してこいと言う両親も怖かった」

「ラフィーナ、小サカッタ。シカタナイよ」

「デモ、モウへーき？」

　名誉を求めてラフィーナに迫る両親はここにいない。嫁《とつ》いで以来、手紙のひとつも来ない。

　ラフィーナは笑って頷いた。

「うん、大丈夫。また前みたいに私とお話ししてくれる？」

「イイヨ！」

「嬉《うれ》シイね！」

　三編みの精霊が小さな手でラフィーナの服を引っ張るようにして言った。

「ソレデ、アレ、ナニ」

　指差す方向にあるのはカメラもどきだ。

　くせ毛の精霊が観察するようにカメラの周りを回っている。

「カメラっていうの」

　ラフィーナはベッドの上から降りてカメラの側《そば》に寄った。

机の上の花瓶《かびん》にレンズを向け、ピントを合わせる。

ガラス板に反転した像が映ると、暗幕に潜り込んだ精霊たちが手を叩《たた》いて喜んだ。

「デモこれダケジャナイ。ドウナル？　ドウシタイの？」

どうやらイスティとの会話を聞いていたらしい。

くせ毛の精霊が短い指を顎に添えながらラフィーナを見上げた。

「今このガラス板に映っているものを、うーん、焼き付ける……というか。ガラス板に描いた絵みたいにしたいというか。本当はね、いろいろな薬を混ぜた液をガラス板に塗ると、光と反応して、ガラス板に映っているものがそのまま固定されるんだけど。その薬について何も分からないのよね」

「…………」

「…………」

精霊たちは「ちんぷんかんぷんです」といった顔をしている。

ラフィーナもちんぷんかんぷんだ。

ここで手詰まりになると分かっていながら作った。

像を定着させる薬品についてはこの世界の未来人に託したい。

「薬シラナイ……」

「ズット、ガラスニ、描イテオキタイノ？」

「そうそう。そうなの」

「デキルカモ」

「そうなの……え？　できるの？」

何気なく流しそうになったラフィーナだったが、勢いよくくせ毛の精霊を振り返った。

「ちょ、ちょっとやってみてもらってもいい？」

「イイヨ」

くせ毛の精霊は、反転した花瓶の映るガラス板に小さな手のひらをかざした。

くるりとガラス板を一周するように腕を回す。

たったそれだけだったが、精霊は「終《お》ワッタよ」と言った。

「ド？　デキテル？」

今のところ、ガラス板に変化は見られない。

先ほどまでと同じように花瓶が映っている。

そのガラス板をカメラからそっと取り外すと、反転した花瓶も一緒に動いた。

向こう側の花瓶はそのままだ。

「こ……これは！」

取り外したガラス板を上下にひっくり返し、裏返す。

すると、目の前の花瓶とそっくり同じものが写ったガラス板が出来上がっていた。

しかもフルカラーである。

「しゃ、写真だ……！」

この世界でおそらく初めてのカラー写真が誕生した瞬間だ。

手の中のガラス板――写真を落とさないよう、ラフィーナは身体の震えを必死で抑えた。

「ラフィーナ、ウレシ？」

「嬉しい……すごく嬉しい……！　ありがとう、本当にありがとう！」

「モットヤリターイ！」

「僕モヤッテミターイ！」

「うん！　ほかの写真も撮ろう！　せっかくだから、外に！」

ラフィーナは興奮のままカメラと、ありったけのガラス板を持ち部屋を出た。

庭に向かい、ちょうど見頃を迎えている花や、白亜の城と青い空、通りすがりのササミを撮っていく。

三編みの精霊は一枚試してすぐに飽きたようだ。

くせ毛の精霊はこなれてきたのか、撮影に数秒かかっていたものが、今では「ハッ」とか「テヤッ」など気合の一声のみで撮れるようになっていた。

「よーし、次は……」

「ラフィーナ？」

被写体を探すラフィーナの背中に低い声がかけられた。

振り向かなくても分かる。ベリオンだ。

「ごきげんよう、閣下《かっか》」

「アルガルド辺境伯夫人が一人で妙なことをしていると聞いてきたんだが」

精霊の姿は精霊術士でなければ見ることができないし、声も聞こえない。

はたから見ればラフィーナは一人で楽しそうに喋《しゃべ》っていた、ということだろう。

精霊術士であることを早めに明かしておいた方がいいかもしれないが、それよりも今は。

「閣下。これは洗濯機よりすごいものですよ！」

「最近部屋にこもって作っていたものだろう？　私も妻の姿を見るのはずいぶん久々な気がするな」

ベリオンの言葉には少しばかり棘《とげ》が含まれていたのだが、カメラ完成の興奮が消えていないラフィーナはまったく気づいていない。

「このあたりに立ってください」

「一体何なんだ？」

「まぁまぁ」

見栄えのいい場所にベリオンを移動させ、全身を覆う布を肩や腕に流して整《ととの》える。

「身体の角度はこうで、顔はこっちで、尻尾《しっぽ》はこのように。ちょっと腰に手を当ててみてもらえますか？　このレンズを見て、じっとしていてくださいね」

最後の仕上げに、脚立に載せたカメラのレンズを指差し視線を誘導した。

「精霊さん、お願いします」

「リョーカイ。ホイ！」

カメラから取り外したガラス板には、四本の角から長い尻尾まで、見事にベリオンの姿が写っていた。言われた通りにレンズを見てはいるが、不可解そうな雰囲気が隠しきれていない。

「閣下、見てください」

ガラス板のままでも透明感があってきれいなのだが、下に白い布を当てると見やすくなる。

ポケットのハンカチを取り出し、撮れた写真をベリオンにも見てもらおうとしたラフィーナだったが、写真から顔を上げた瞬間に動きを止めた。

「……か……っか?」

ベリオンが立っていたはずの場所にいるのが、ベリオンではなくなっている。

代わりにいたのは、恐ろしいほどの美貌を持った男だった。

真《ま》っ赤《か》な髪に深緑の瞳。日焼けのない肌には左の頬から耳に向かう古い傷跡が一筋。

ベリオンと同じ髪と目の色、同じ傷。

「閣下……」

「ラフィーナ?　どうした?」

ラフィーナを呼ぶ声も、ベリオンと同じ。


「……呪いが、解けた?」

そこにいたのは——人の姿に戻った、ベリオンだった。

＊

ラフィーナの声を受け言葉の意味を理解するより先に、ベリオンは自分の手に視線を落とした。

手全体を覆っていた鱗が、ない。

まるで人のような肌色。刃物を当てればすぐに切れてしまいそうな柔《やわ》らかい皮膚。

もう何年も見ていなかった、呪いを受ける前の、自分の手だった。

さらに下へと視線を落とすと、屈強な鳥類のようだった足も人間のものに変わっていた。

角を触ろうとした手は空を切る。動かそうとした尻尾には感覚が届かない。

「まさか、本当に、戻った……？」

声は変わっていないはずなのに、耳に届く音はなぜか少し違う。

あれほど敏感に嗅ぎ分けていた匂いも急に分からなくなってしまったようだった。

「……ラフィーナ」

驚いた顔で固まっている妻の方へと足を向けた。

怯《おび》えさせないようにゆっくりと近づきながら、ふと気がつく。

もうバケモノと呼ばれる姿ではなくなった。

鋭い爪で彼女の柔らかな肌を傷つける心配もない。

妻に触れても、抱きしめても、良《い》いのでは——

「っ、ラフィーナ！」

「うひゃああっ！」

伸ばした手の先に見えたものは、びくりと肩を震わせるラフィーナの真っ赤な顔。

続けて、明るい中庭にガラスが割れた硬質な音が響く。

同時に上がった悲鳴は妙に気の抜ける声で、ベリオンの動きを止めるには十分なものだった。

「…………」

「あっ、写真、割ってしまった……危ないので踏まない、で……あれ？　閣下？」

初対面の時、ラフィーナは『バケモノ辺境伯』に悲鳴のひとつも上げなかった。

けれど今、人の姿で近づこうとしたら、鋭い爪もないはずなのに触れる前に叫ばれてしまった。

その事実で頭がいっぱいになっていたベリオンは、自分がまたバケモノ辺境伯の姿に戻っていることに気づいていなかった。


その後は一切、仕事にならなかった。

足元の散らばったガラス片は『写真』というものらしい。

ラフィーナ曰《いわ》く、写真を撮ったらベリオンは人の姿になっており、写真が割れたらバケモノの姿に戻ったような気がした、とのこと。

仮説を実証するためにその場でもう一度写真を撮ると、バケモノ姿だったベリオンはまばたきひとつの間に人の姿に戻った。

そして写真を割ると、その瞬間にバケモノ姿へと戻った。

試しに、人の姿になっている間にもう一枚写真を撮った。

しかしバケモノの姿に戻るわけではなく、ほかの何かに姿を変えるでもない。

割った写真を集めて繫《つな》ぎ合《あ》わせても、何も起こらない。

写真を撮れば人の姿に、写真を割ればバケモノの姿に、ということらしい。

条件付きとはいえベリオンの姿が元に戻ったことを、まずはビクターに伝える。

「このお顔は間違いなくベリオン様。お懐かしゅうございます」と確認が取られ、その後ようやくベリオンは自身の姿を鏡に映した。

久々にバケモノではない自分の姿を眺《なが》めているうちに、城に魔法士や学者たちが駆けつけてきた。

皆、取るもの も取り敢《とあ》えずといった様子で大汗をかいている。

自分たちが調べ尽くし、解呪は不可能と結論付けていた辺境伯の呪いが急に解けたと聞いたのだから、居ても立ってもいられなくなったのだろう。

「失礼！　領主様のお姿が元に戻られたと聞き……ってうわああ本当だ！」

部屋に入るなり悲鳴を上げるのは、ベリオンの元の姿を知っている者。

「失礼！　辺境伯のお姿が元に戻られたと聞き馳《は》せ参《さん》じましたが……はて今はどちらに？」

部屋中に巡らせる視線が椅子《いす》に座っているベリオンを素通りするのは、元の姿を知らない者だ。

少しして目立つ赤髪を見つけ、怪訝《けげん》そうな表情がじわじわと驚愕《きょうがく》に変わっていくまでが全員同じ反応である。

そうやって広い会議室にアルガルドの有識者が一通り揃《そろ》ったのは夕暮れ前のこと。

数時間のうちに集まれるほど暇な面々ではないのだが、ベリオンの呪いが解けたかもしれないというのは、それほどの事態だった。

「この絵付けガラスが『シャシン』でございますか！」

「割ると角付きに戻ると聞きましたが……ほう、何度でも？」

彼らは人に戻ったベリオンと、写真に写る角付きのベリオンを交互に眺める。

ちなみに『角付き』というのは、ベリオンの『バケモノ辺境伯』の姿に含みを持たせないための呼び方だ。残念ながらあまり普及していない。

「では今ここで割ってみてもよろしいですか？」

そう来るのは想定の範囲内だ。

割ったら割ったで、次はまた人の姿になってみてくれと言われるのも予想できている。

ベリオンが視線を向けると、ちらりとカメラの方を窺《うかが》ったラフィーナが「大丈夫です」と頷いた。

研究者たちが色めき立つ。

「では割りますぞ！」

「待たんかね！　私が割る！」

「いいや、ここは魔法士であるワシが妥当というもの！」

「落ち着け諸君。恐れ多くも閣下の絵姿を割るんだぞ⁉」

「その通りです。相応の覚悟が……」

「おい……誰が割る？」

誰が割るか割らないかで一悶着《ひともんちゃく》が勃発したので、代表してベリオン本人が自分の写真を真っ二つに割った。

瞬く間に角付きの姿となり、その瞬間を目撃した研究者たちから悲鳴と歓声が上がる。

ひとしきり騒いだ後にラフィーナがベリオンの写真を撮り、人の姿に戻る。

人の姿に転じたのと同時に、ラフィーナが精霊に命じて道具を使わせたことや、カメラという道具に興味を惹《ひ》かれた者も一定数現れた。

人間の固まりはベリオン側とラフィーナ側に分かれ、それから小一時間。

写真を撮っていた精霊が「モウ疲レた」とラフィーナを通して伝えてきたことで、この日は解散となった。

「嫌だ」「もっと見たい」とうるさい奴《やつ》らには割れた写真を置き土産に、そのまま部屋に残してきた。

あの様子ではガラス片を話の種に朝が来るまで談義を繰り広げることだろう。

カメラも置いていけと言っていたが、それは精霊が拒否したため、ラフィーナが持ち帰ってきた。

写真を撮っていた光の精霊はラフィーナから褒美に山盛りのお菓子をもらい、カメラの側で食べながら休んでいるらしい。

そしてベリオンとラフィーナもようやく、もみくちゃにされて疲れた身体を休めることとなった。


主寝室の丸テーブルに夕食を運び込む。

赤ワインのグラスを小さく鳴らし、二人で乾杯した。

「お疲れさまでした」

「ああ、君も」

椅子に座るベリオンは人の姿だ。もちろん、全身を覆う布も被《かぶ》ってはいない。

こまめに切ってもすぐに伸びてしまう邪魔な爪がなくなり、かえってカトラリーの扱いに苦戦しながら、ラフィーナと二人でゆっくり食事をした。

せっかく人の姿に戻ったというのに、すぐに大勢が集まって大騒ぎとなってしまった。

こういう時こそ妻とゆっくり過ごしたい――けれどその妻は、人に戻ったベリオンを見て悲鳴を上げていた。

今も一見普通の態度で食事をしているのだが、あれからまともに目を合わせてくれない。

（ずっとあの姿だったからな……こちらの顔に慣れていないのは、しかたないか）

砂漠の主《ぬし》を殺して約二年。

わざわざ自分の肖像画を見る趣味のないベリオン自身ですら忘れかけていた顔だ。

目の前で急に変わったのだから、さすがのラフィーナも悲鳴のひとつくらい上げるだろう。

ベリオンは二杯目の赤ワインを飲み干してから、ありったけの勇気を振り絞り、言った。

「ラフィーナ。今夜は……この後も、一緒に過ごさないか？」

初夜の日、ベリオンはラフィーナに寝室をともにすることはできないと告げた。

それは彼女が『王都の毒花』だからではない。

ベリオンが『バケモノ辺境伯』だったからだ。

爪は鋭く、鱗は硬い。角もあれば牙もある。

相手を傷つけると分かっていて触れることは、誰に対してもできることではなかった。

しかし今、ベリオンをためらわせる理由はない。

ほかでもないラフィーナがベリオンに人の姿を取り戻させたのだ。

（いや、全て言い訳だな）

かつてのベリオンが告げた言葉は、どんな理由があったにせよ妻となった女性には屈辱的なものだっただろう。

だからまずは、改めて謝罪をする。そして今日から新しい夫婦関係を築いていきたい。

ベリオンのそんな想《おも》いが通じたのか、ラフィーナはぎこちなくも頷いてくれた。

その頬が赤く染まっているのははたして酒精のせいだけだろうか。

ベリオンもわずかな期待に、体温の上昇を感じた。

*

「うそ……」

すっかり夜もふけた頃、主寝室にラフィーナの弱々しい声が響く。

「嘘《うそ》じゃない。君の負けだ」

チェス盤によく似たボードの上。陣地の王を敵の魔法士にコツンと倒され、ラフィーナは敗北した。

「も、もう一度！」

「諦めろ。はっきり言わせてもらうが、君はびっくりするほど弱い」

悔《くや》しいが、ラフィーナには言い返す言葉がない。

前にやったすごろくもズタボロだった。

どうやらラフィーナはゲーム全般、救いようがないほど弱いらしい。

勝負していて楽しい相手ではないだろうにベリオンは機嫌が良さそうで、ラフィーナも嬉しかった。

（これで離婚が考えられるもんね）

バケモノ辺境伯などと言われていたベリオンだが、人の姿に戻ってみるとものすごくかっこいい。

すっきりとした鼻梁《びりょう》。形のいい薄い唇。傷跡が残っている以外は日焼けすらないなめらかな肌。

背は高く身体に厚みもあるようだが、服に包まれるとすらりとして見えた。

砂漠の主を倒した辺境伯などというから、てっきり屈強な戦士のような人を想像していたのに、むしろ美丈夫と呼べるような見た目だ。

そんな男が感激した様子で迫ってくるものだから、気がつけばラフィーナの心臓と口が悲鳴を上げていた。

あれから数時間経《た》ってようやく人の姿をした夫にも慣れてきたところだ。

「次はカードにしましょう」

「負けたら私の言うことをひとつ聞く、と約束するなら」

「なぜ勝つと分かっていながら賭けるんですか！」

「始める前から負ける気でいるのか？」

「うぐ……では、私の指定するゲームでお願いします」

「いいだろう」

「単純すぎて運ですからね、次のゲームは。勝敗は半々ですよ……たぶん」

怖い点を強《し》いて挙げるなら、切れ長の三白眼や頰から耳にかけての古傷、鮮血を浴びたのかと思わせるような赤い髪だろうか。

けれど時折見せる柔らかな笑顔が全て相殺してくれる。

つまり。

（今の閣下なら誰とでも結婚できるわ）

ラフィーナとベリオンが結婚したのは、カトリーナが王命を泣いて嫌がったからだ。

オーレン侯爵家の前に打診された家もあったが、皆嫌がって縁談がたらい回しになったと聞く。

結果、ベリオンに寄越されたのは余りもの同然のラフィーナだった。

国王としても本当はもっと王家に近しく、政略的に利のある相手と結婚させたかったことだろう。

（でも今なら大丈夫。きっとみんな、すごくかっこいい閣下を好きになる）

王命による結婚なので簡単には離婚できない。

だが、次の相手がもっと政略的にふさわしければ問題ない。

そしてその人は、ラフィーナのような噂《うわさ》がなく、ラフィーナのようなよく分からない存在でもない、ちゃんとベリオンを愛してくれる女性のはずだ。


「くっ……ババ抜きですら負けるとは……っ」

残ったカードをさらけ出して、ラフィーナは机の上に突っ伏した。

何を何回やってもベリオンには勝てない。

「分かりやすいんだ、表情が」

「そんなはずありません。完璧なポーカーフェイスだったはずですっ！」

ベリオンは余裕の表情でワインを飲んでいる。

「やれやれ」という声でも聞こえてきそうだが、彼が口にしたのはもっと恐ろしい言葉だった。

「約束だ。言うことを聞いてもらおうか」

「……三回勝負じゃダメですか？」

「後出しは認められない。これとは別にもうひとつ賭けると言うなら受けて立つが」

何回勝負にしても負けそうで怖い。ラフィーナは諦めることにした。

「それで、私は何をすればよろしいでしょうか」

人の姿である今、目の前の男には角が一本も生《は》えていないのにまるで魔王だ。

魔王は長い足を組み直し、戦々恐々とするラフィーナに言った。

「……名前を呼んでほしい。閣下、などではなくて」

何を言われるかと構えていたラフィーナは、息を呑《の》んだ。

水のようにワインを飲んでいたせいだろうか。ベリオンの顔が赤く見える。

そんな顔で懇願《こんがん》するように言われては、ラフィーナははくはくと口を動かすことしかできない。

「頼む、ラフィーナ」

ささやく声が耳をくすぐる。

目をそらせず、逃げ出すこともできない。

顔に血が集まるのを感じながら、ラフィーナはひねり出すように「べ、べ、べべ、リオン様」と言った。

「ふっ、何だそれ。様はいらないから、もう一度」

「…………ベリオン」

「ん……ありがとう」

前言撤回。嬉しそうに細められる深緑の目はバケモノと呼ばれていた頃と何ら変わりないのに、やはり、人の姿をしたベリオンにはまだ慣れない。

（だって、こんなにかっこいいなんて聞いてない……！）

やっとの思いで視線を外し、ラフィーナは椅子から立ち上がった。

「眠くなってきましたね。そろそろ終わりにしませんか」

「あ、あぁ。じゃあ……」

「せっかく人の姿に戻ったことですし、かっ……ベリオンは、こちらでゆっくりお休みください。箱枕は使わなくなるならそれに越したことはありませんので、普通の枕を使ってくださいね。ではおやすみなさいませ」

ぺこりと頭を下げ、何かを言われる前に早足で寝室を出る。

後ろ手に扉を閉めながら立ち止まらず自室に飛び込んだ。

深く息を吐いてようやく、身体から力が抜けていく。

「はぁ、申し訳ない……」

前世では恋愛経験ゼロ。今世《こんせ》でも元婚約者含めて恋などしたことはないが、他人の気持ちに対してそこまで鈍くはない。

自分の気持ちにも鈍感ではないつもりだ。

今夜ベリオンがラフィーナを誘った本当の意味は分かっている。

けれどこの想いを育ててはいけない。ベリオンの真意にも気づかないふりをした。

(今日は上司の接待だったのよ。ま、負けたのは接待だからです！)

ラフィーナはオーレン侯爵家の長女として生を受けた。

社交界に出る歳《とし》になると『王都の毒花』と呼ばれるようになり、半ば追い出されるような形でアルガルド辺境伯に嫁いだ。

カトリーナを本当の妹のようにかわいがり、精霊術士でありながら殺生《せっしょう》を嫌って精霊と話せないふりをした、少し臆病で、心優しい女性だった。

けれど、今のラフィーナは違う。

（……今の私は、自分が何なのか分からないから）

今この瞬間思考しているのは、母を亡くし、生死の分からない父が残した借金を背負いながら、火事で死んだはずの女だ。

初めは生まれ変わったのだと思った。ひょんなことで前世の記憶を思い出したのだろうと。

しかし正解など分からない。火事で死んだ女の図々《ずうずう》しい魂がまったく関係ない別の女性の身体と未来を奪った――そうでないとは言いきれない。

（転生なのか、憑依《ひょうい》なのか……どっちもネット小説でよくあるやつ）

もし憑依なのだとしたら。

元のラフィーナがこの身体に戻る日が来るのだとしたら。

いずれ消える人格だというなら、何もしないのが互いのためだろう。

（呪いさえなければなんて思ってたけど、なくなったらなくなったでこれだなんて、もう……）

今世こそ恋をしてみたかったのに、その恋が実《みの》らせていいものとは限らないだなんて思ってもみなかった。

（でも、こっそり片想《かたおも》いするだけなら自由よね）

そうしてまで想っていたい人がいる。

もう十分に幸せだと、自分に言い聞かせた。

＊

翌朝ラフィーナは、イスティに優しく揺り起こされてようやく目を覚ました。

飲酒つきの夜ふかしに加え、罪悪感やら何やらで寝つけない夜を過ごしたので、少し寝坊した上に寝不足気味だ。

「本日は休まれますか？」

「いえ、ちゃんと起きます……」

午前中にレモンの販売促進に関する会議が予定されている。朝食を抜かせば間に合うだろう。

しかしベリオンが人の姿に戻ったのはつい昨日のことだ。

集まった研究者たちが城に泊まっているはずなので、レモンの話はまたの機会になりそうな気がした。

「奥様。王宮より、三ヵ月後に開催される夜会の招待状が届きましたが、旦那様は欠席を検討されているそうです。それでいいか後ほど意見を聞きたいと」

「夜会……三ヵ月後……あぁ」

毎年王家が主催している舞踏会のことだろう。

ラフィーナも去年までは婚約者のアダムと参加していた。

（私としても欠席はありがたいわね。今年は両親のほかにカトリーナとアダム様も参加するだろうし馬車酔いはひどいし）

人格が入れ替わったおかげで図太さを得たとはいえ、家族と元婚約者に会いたいとは思わない。

それに、移動に時間と手間がかかりすぎる。

南の守護伯が長いこと領地を空《あ》けるわけにもいかないので、欠席は当然のことと言えた。

(向こうと時期をずらして、私がここで何か開いてみようかな？)

ベリオンが人の姿に戻った記念のお披露目などはどうだろうか。

何かの機会にきちんと周知しておくべきことだし、ベリオンの新しい奥さん探しにもいい機会となりそうだ。

(閣下にほの字なご令嬢を探して、私が全力でお膳立てするのよ)

昨晩、人の姿に戻ったベリオンに一緒に過ごそうと言われ頷いたのは接待だ。そして、あなたのことを意識してませんよ、とアピールするためだ。

ラフィーナは形だけのお飾り妻で、部下である。

どれだけ親しくても姉か妹か友人のようなものだと思ってもらえればいい。

のろのろと身支度《みじたく》を整えながら、幸せな離婚と再婚を改めて固く誓うラフィーナだった。


「おはようございます、閣下」

「…………」

会議室に入って少しすると、やはりと言うべきか、ベリオンが研究者たちにまとわりつかれながらやってきた。

彼らの気持ちは分からないでもないが、朝から疲れる光景である。

ベリオンもうんざりした顔を隠す努力が見られない。

「王都での夜会についてですが、私も不参加に賛成です。でも、人の姿に戻れるようになったことをお伝えする場は遅かれ早かれ設《もう》けるべきかと思いまして、お城でお茶会でもと考えているのですが……」

「…………」

今日も麗《うるわ》しき人間姿のベリオンは、ラフィーナと目が合っているはずなのにまったく反応がない。

「閣下？」

思いきり無視される形となり首をかしげる。

直後、昨夜の賭けを思い出した。

「……ベリオン？」

「うん。おはよう、ラフィーナ」

妙に声が甘いような気がするのはラフィーナの気のせいではない。

研究者たちも、レモン会議のために集まった人たちも、気まずそうな空気を放っている。

「確かにこの姿に戻ったと知らせる正式な場は必要だが、その前に今年は収穫祭があるんだ。まずはそちらを手伝ってもらえると助かる」

「もっ、もちろんご協力いたします楽しみですね！」

その後レモン会議は予定通りに開かれ、続けてベリオンの写真撮影会が始まった。

一晩休んだからかお礼にお菓子を進呈《しんてい》したからか、くせ毛の精霊はご機嫌で写真を撮っていた。

写真を撮る、割る、が繰り返され、魔力値の観測や体調の変化、カメラの効果検証も並行して行われる。

そして昼前には研究者たちの中で結論が出始めていた。

「呪いが解けたわけではなさそうですな」

「だろうな。そんな気はしていた」

術者である砂漠の主が死んでしまった今、呪いが解けることはない。それ自体は覆《くつがえ》らないようだ。

「して、奥様は一体どのようにしてこの魔法具を作られたのですか？」

「ええと、魔法具のつもりで作ったわけではなくて」

「精霊に道具を使わせるというのも前例がない。どのような契約をされたのか？」

「それは偶然というか、彼女たち？　のご厚意に甘えたというか」

人の姿に戻れる理由はカメラにしかない、となれば当然注目はラフィーナに集まる。

希望と現実逃避を兼ねて作った形ばかりのカメラだ。

薬品が用意できないことには使えないと分かっていたが、だからといって魔法具だの精霊との契約だのを考えていたわけでもなかった。

(こうやって魔法や精霊で物事が進むから科学が発展しないのね)

この世界の道具は、大きく二つに分類される。

魔力がなくても使える『ただの道具』か、魔力がなければ使えない『魔法具』だ。

後者の魔法具を動かすためのエネルギーとして挙げられるのが『人の持つ魔力』と、『魔核に内包されている魔力』である。

魔核は魔力を持たない人でも使える非常に便利なもので、地球での使い捨て乾電池に似ている。

なお、精霊に道具を使わせるのは画期的――というか、ラフィーナの記憶や知識にそういったものはない。

いずれにしても魔法具の方が圧倒的に便利なため、魔力がなくても使えるただの道具は軽視されがちだ。

しかし魔力は個人や状況によって大きな波がある。化学のような一定の再現性はないのだ。

「魔力では動かないのですか？　我々でも使えるようにしていただきたい」

「おい、誰か魔法具士はいなかったか」

「ほかの呪いも解けるのか検証したいですね」

「しかし精霊が動かすほどの魔法具です。魔力の消費はいかほどか」

「何、魔物なら砂漠からいくらでも湧いて出てくるのだし、魔核を使えばよかろう」

寒くないはずなのに身体がぶるりと震えた。

周囲の剣幕に圧倒されてか、くせ毛の精霊もカメラではなくラフィーナの陰に隠れるようにひっついている。

「そこまでだ」

声と同時に、ラフィーナの肩に温かい手が触れた。

「お前たちが研究熱心なのは結構なことだが、もう帰れ。こちらにも都合があるんだ」

「閣下！　それはあんまりです！」

「呪いは解けていない。だが人にも角付きにもなれる。それが分かればもう十分だ」

ベリオンは声色《こわいろ》を変えて続ける。

「ラフィーナ、昼食の時間だ。行こう」

「は、はい」

差し出された腕に手を添え、くせ毛の精霊とカメラを抱えるようにしながら、ラフィーナは会議室を出た。

到着した食堂では、ほぼ支度が整っているようだった。

ベリオンに引いてもらった椅子に腰掛け、カメラはその隣に置く。

くせ毛の精霊は日当たりのいい窓辺に移動し、どこからともなく現れた三編みの精霊と並んで座った。

運ばれてきた食事は寝坊して朝食を抜いたラフィーナのためか、ブランチのような内容だった。

ホイップバターとシロップを添えたパンケーキ、とろとろのスクランブルエッグにソーセージ。

みずみずしいサラダ、にんじんのポタージュスープ、果物とはちみつ入りのヨーグルト。

どれも美味《おい》しそうなのに、いまいち食が進まない。

スープを一口飲んだきり手の止まったラフィーナにベリオンが問いかける。

「大丈夫か？　悪い奴らではないんだが、熱心なあまり強引なところがある。不快だっただろう」

「そういうわけではないのですが……」

どうしても胸に引っかかる言葉があった。

『魔物なら砂漠からいくらでも湧いて出てくるのだし、魔核を使えばよかろう』

（こうならないために精霊を無視するようになったのに……カメラに浮かれて軽率なことをしてし

まった)

カトラリーを置いたラフィーナは、ベリオンを見た。

「ベリオン。辺境はどうしても魔物がたくさんいますし、その分たくさん魔物を……殺しますよね?」

「そうだな」

国境代わりとなっているような砂漠や森、川、海などは人の立ち入りが少なく、魔物が多い。

だから国境になっているのであって、国境沿いの辺境に魔物が多くなるのは必然のことだった。

「あの、魔物を殺さないでときれい事を言いたいのではありません。魔核が便利なものだということも分かっています。でも、義妹のカトリーナはおそらく魔核を得るために実の両親を亡くしていて……王都にはそういう子供がたくさんいるんです……」

人は利便性と名誉のために魔核を求め、魔物と対峙《たいじ》した。

魔核を狙われた魔物は反撃し、親を殺された子供が増えた。

残された子供は貴族の見栄《みえ》のために引き取られるか、大人になる前に死ぬか、そうでなければ長じて魔物を殺しに行く。そしてまた、その子供がとり残される。

この世界には負の連鎖が存在しているのだ。

しばらく考えた様子のベリオンもカトラリーを置き、ラフィーナに向き直った。

「アルガルドでは魔物の縄張りを人が侵さないように管理している。そこから出てくる分は討伐の対象となるし、その数も決して少なくはない。よって手に入る魔核もそれなりの数になるが、私たちが魔物を殺すのは魔核を得るためではなく、領民の命を守るためだ」

ラフィーナはベリオンの言葉に身体の力を抜き頷いた。

「殺されていい命なんてない」

短いその言葉は、低く、重く、響いた。

■5　収穫祭と慰霊祭

ある日の午後、新しく婚約を結んだばかりのカトリーナが言った。

「ねえアダム様。今夜、騎士団長様のお屋敷《やしき》で夜会があるのよね」

「ん？」

アダムは読んでいた本を閉じ、数日前の記憶を掘り起こした。

確かに最近顔を出した倶楽部《クラブ》かどこかでそんな話を小耳に挟んだ記憶がある。

「そうみたいだね。あぁ、それが今夜だったのか」

「わたしも行きたいわ」

カトリーナは大きな瞳を輝かせる。

しかしアダムに騎士団長との縁などあるはずがなく、招待状も受け取っていない。

彼女の両親、オーレン夫妻《ふさい》ならば別だ。何代か遡《さかのぼ》れば王家にも連なる血筋なので、騎士でも大臣でも付き合いはあるだろう。

アダムがラフィーナと婚約していた頃、彼女のパートナーとして参加した社交で政界の有名人と挨拶を交わしたことも多々あるのだが。

「お父様とお母様に一緒に連れていってとお願いしたの。でもダメだって」

「だから僕が来たんだろう？　君が一人で寂しくないようにと」

「そうだけど……」

カトリーナは社交的な性格だ。

家に客人が来れば必ずと言っていいほど顔を出して挨拶をする。

そっくりな姉妹だと話題の種になるので、オーレン夫妻も積極的にカトリーナを見せていた。それでアダムとも親しくなったのだ。

しかし両親やラフィーナが外に出る時、カトリーナだけは留守番であることも多かった。

婚約者がいればまた違ったのだろうが、彼女をかわいがるオーレン夫妻が相手を吟味《ぎんみ》していたので、カトリーナはいつも一人だったのだ。

「お姉様にはたくさん招待状が来ていたでしょう？　だからね、これからはわたしがお姉様の代わりに頑張らなきゃいけないって思っていたの。なのに相変わらずお留守番ばかりだなんて。わたしにだって社交はきちんとこなせるのに」

「心配はいらない。そのうち山ほど招待状が届くよ。ラフィーナよりずっとたくさんだ」

バケモノ辺境伯の元へラフィーナが嫁《とつ》いだと同時にアダムとカトリーナが婚約した事実は、正直なところ、世間には好奇の目で見られている。

本来ラフィーナに送るべき招待状を今後はカトリーナに、とは簡単にはいかないのだ。

むしろそんな招待は新しく婚約した二人をおもしろおかしく見たいだけのものなので断っている。

だが、それもほんの少しの辛抱だ。

もう少し待てば皆ラフィーナのことなど忘れ、社交界の相関図が一新されるだろう。

アダムとカトリーナの婚約だって何事もなかったかのように受け入れるはずだ。

「それよりさ、今度どこかへ行こうか」

一人留守番をするカトリーナはいつも寂しそうだった。

しかし、必ず笑って家族を送り出していたその気丈さをアダムは好ましく思っている。

夫を立てるよき妻になるだろう。

「どこかって、どこ？」

「君の行きたいところへ」

「二人で？」

「あぁ、もちろん」

「ね、アダム様……それって今じゃだめなの？」

甘い香りと柔《やわ》らかそうな肌が近づいてくる。

「あ、こら、カトリーナ」

アダムは少し身を引き、近づこうとするカトリーナと距離を取る。

かわいらしい顔が不満げに歪《ゆが》められた。それを見たアダムの腹の奥がぞくりと震えて、自然と口角が上がる。

「アダム様……」

「駄目だろ、僕たちはまだ婚前だ」

「でも、結婚するんでしょう？」

「……僕の天使には敵《かな》わないな……」

「ふふ」

すぐそこにあった唇を今度こそ受け入れながら、なおもアダムは笑い続ける。

（カトリーナはかわいいな）

ラフィーナなんかよりもずっとだ。

彼女は大人しくて御しやすかったが、堅苦しいところも多かった。

高位貴族の跡取り娘だから、伯爵家の四男として生まれた婚約者など見下していたのだろう。

かと思えば、『王都の毒花』としてアダムを裏切り続けていたのだ。

そうと知った時、アダムは人間というものが信じられなくなりそうなほどの衝撃を受けたものだ。

だがカトリーナは違う。

愛嬌《あいきょう》があり華やかさも持ちながら、控えめできちんとわきまえている。

それに、侯爵夫妻の愛情はカトリーナに傾《かたむ》けられている。

彼女の婚約者がなかなか決まらなかったのは、侯爵夫妻がカトリーナをずっと手元に置いておきたいと思っていたからにほかならない。

元々の生まれが卑《いや》しいことは知っているが、カトリーナのような平民が貴族の養子になることは珍しいことでもないので、気にするほどではない。

血なんか気にしない。後からどうにでもできる。

アダムはただ、オーレン侯爵の地位さえ継げたらそれでいい。

（だって侯爵だぞ）

伯爵止まりの父や、そんな後継の座を争う長兄と次兄、同格への婿入《むこい》りがせいぜいだったすぐ上の兄なんかより、アダムが一番強い権力を手に入れるのだ。

他人とは、虐《しいた》げるか利用するもの。そうでなければ虐げられ、利用されてしまう。

アダムは自身の親兄弟に身をもってそう教え込まれながら生きてきた。

四男だからと誰よりないがしろにされていた。だが、誰より運に恵まれた。

女神は哀れな末子を見捨てなかったのだ。

カトリーナはまさしく、女神がアダムのために遣わした天使に違いない。

「……お腹空《なか》いちゃった……」

「動いたからね」

アダムはカトリーナを大切に、慈《いつく》しむように利用しようと決めていた。

甘えたようにアダムを見上げるカトリーナは、そうとは気づかず、ただ愛されているように感じていることだろう。

「使用人に言って何か持ってこさせるよ。君は着替えて待っていて」

「分かったわ。ありがとう」

アダムは拾い上げたシャツと上着《うわぎ》の袖《そで》に素早く腕を通し、部屋を出た。


「……退屈な人」

上機嫌なアダムに、小さな声は届かない。

＊

カトリーナはアダムの出ていった部屋で一人、ほつれた髪を撫《な》でつけ整《ととの》えた。

「あーあ、本当に退屈なんだから」

窓を開け、外を眺《なが》めながら再び呟《つぶや》く。

今夜も夜会が開かれると聞いていたのに、カトリーナは招待されなかった。

昨日だって、明日だって、この王都のどこかでは毎夜のように人が集まっているのに、カトリーナはどこにも行けない。

前は義姉と同じようにカトリーナにも招待状が来ていた。

これからはカトリーナだけに招待状が来るはずだったのに、義姉が辺境へ嫁ぎ、アダムがカトリーナと婚約を結び直した頃から、なぜか招待の数が減ってしまった。

（これじゃ困るわ）

ようやくアダムのパートナーとして出かけることができたとしても、自由に行動できないのでは意味がなかった。

かといって、カトリーナ一人で夜の社交に出向くようなことは、オーレン侯爵夫妻もアダムもいい顔をしない。

（お姉様がいた時は良かったのに。どうしてこうなっちゃったのかしら）

義姉が王都にいた頃、カトリーナは夜会ごとにたくさんの男と会っていた。

彼らと過ごした後は身体《からだ》が軽く、清々《すがすが》しい気持ちになれるのだ。

しかしそれは、やってはいけないことだと知っている。

だから義姉の名を借りた。

義姉は侯爵家の優秀な長女だから。義姉は愛されて幸せだから、彼女のようになればカトリーナも幸せになれると思ったから。

カトリーナの考えは当たっていた。

カトリーナとラフィーナはよく似ているので、一晩過ごした相手が入れ替わっているなどと、誰も疑わなかった。

両親はラフィーナをふしだらだと叱り、その反動で愛情をカトリーナへ傾けた。

義姉の婚約者はラフィーナを見限り、カトリーナに心を寄せた。

義姉のものは全てカトリーナのものになったのだ。

これで幸せになれたと、そう思った。

しかし、結果はこれだ。

婚約しているからなどと行動を制限され、思うように動けない。

男と過ごせない日々が続くと身体が重くなっていく気がする。

先日こっそり、どこぞの舞踏会に忍び込んだことがある。

相手にはラフィーナだと名乗ったのだが、辺境にいるはずだと言って信じてもらえなかった。

化粧も、言葉遣いも、雰囲気だって、義姉そっくりのはずなのに。

『王都の毒花』の正体がカトリーナだと知られるのはまずい。

危険を感じて、何もできず早々と帰宅する羽目になった。

婚約者のアダムはダメだ。

誘えば乗るから重宝しているが、技巧がないし、剣や馬は嗜《たしな》み程度だからか体力もない。

本人はじらしているつもりらしいが、婚前だからと中途半端に遠慮している節も面倒くさい。

それに何より美味《おい》しくない。全然足りなくて、いつまでもだるさが抜けきらない。

「……お腹空いたなぁ」

「カトリーナ！」

ため息と同時に、アダムが声を上げながら戻ってきた。

「アダム様？　どうしたの、そんなに慌てて」

何か茶菓子でも持ってくるかと思っていたのに両手は空だ。

どうせ何を食べても満腹になる気がしないので期待はしていなかったのだが、アダムのそわそわした様子は気になる。

「義父上《ちちうえ》が呼んでいるんだ」

「お父様が？」

乱れた服を手早く整え、アダムとともに部屋を出る。

執務室に入ると、夜会のために着飾った両親が待ち構えていた。

「おおアダム君、カトリーナを連れてきてくれたのか。カトリーナ、話がある」

「どうされたのですか？　お父様」

アダムだけでなく、両親まで何やらそわそわしている様子だ。

「これを見なさい。今さっき届いた、王宮からの舞踏会の招待状だ」

「毎年王家が主催しているものですよね？」

社交シーズンの中頃に開催される年中行事で、国中の貴族が集まる大夜会だ。

招待状はオーレン侯爵家にも毎年届いており、別に珍しいものではない。

しかし招待されるのはいつも侯爵夫妻と、ラフィーナとその婚約者アダムだけで、カトリーナの名はなかった。

格式の高い催《もよお》しなので貴族の子女というだけでは参加できないのだ。

婚姻している貴族、もしくは結婚が内定している婚約者同士のみが一人前とみなされ、参加が許されている。

逆に言えば、実子でも養子でも条件さえ満たせば参加できるのだが——そこまで考えて、はたと思い至る。

「今年はあなたも行けるのよ、カトリーナ！」

「ほ、本当ですね！　嬉《うれ》しい！」

「よかったな。カトリーナは毎年羨《うらや》ましがっていたからな」

「はい！　もうわたし、お留守番しなくていいんですね」

待ち望んでいた招待に、カトリーナの心は色めき立った。

「君とあの舞踏会に出られるなんて本当に嬉しいよ、カトリーナ」

「わたしもよ、アダム様」

大きな会場にたくさんの人が集まればいくらでもはぐれたふりができるはずだ。

義姉も参加していておかしくないから、名を借りることも難しくないだろう。

妻か婚約者のいる相手だろうとカトリーナには関係ない。

男だって刺激のある遊びを望んでいるのだし、お互い様なのだ。

この気怠《けだる》さもようやく払拭《ふっしょく》できる。

一足先に気分が良くなってきたところで、両親も上機嫌に言った。

「もしかしたらこの日、あなたたちへの爵位継承を陛下直々にお認めくださるんじゃないかしら？」

「そうだな。ラフィーナは陛下の命で嫁いだのだからな。カトリーナとアダム君には、特別な配慮がされるだろう」

「よかった！　嬉しいですわ！」

爵位についてはは別段興味はないのだが、それでも嬉しかった。

両親は娘の夫に爵位を継がせたがっていた。

本来は義姉がアダムを婿とし、爵位や財産を継いでいく予定だったのだ。

それすらもカトリーナのものになるのだから、自然と顔もほころぶ。

（ああ、やっぱりお姉様は幸せだったのだわ）

義姉のものが、今や全て自分のもの。

カトリーナは幸せだった。

＊

インクにペンを浸《ひた》しながら考えるのは、たったひとつのこと。

（パソコンが……パソコンが恋しい！）

アルガルド領ではもうすぐ収穫祭が始まる。

人手不足ゆえにラフィーナも祭りの企画運営を手伝っているのだが、手書きの書類を一枚ずつ作成するたびにパソコンが恋しくなるのだった。

（液晶とか半導体とかさっぱり分からないからパソコンは無理だけど、タイプライターなら作れるのでは？）

カメラ同様、現実逃避である。ラフィーナはきちんと現実を見据《みす》えることにした。

目の前には食材名や個数が羅列された紙の束《たば》がある。

収穫祭の日、城下の飲食店には領主から食材の差し入れがあり、その日だけは信じられないような激安価格、または無料で飲食が楽しめるようになっているらしい。

どの食材がどのくらい必要なのかは、地区ごとに希望数を申告する形となっている。

それを最終的にまとめ、発注するという仕事がラフィーナに任されていた。

「ベリオン」

夫、もとい上司に声をかける。

ラフィーナはベリオンの執務室の一角にデスクを頂戴《ちょうだい》していた。

「どうした？」

「定規ってありますか？」

「定規？」

パソコン、書類作成ときたら、表だろう。

（日本人は特に表を好むって聞いたことがあったような）

各地区からの申告書は雛形《ひながた》もなく、書式はてんでばらばらだ。

そのせいで一見簡単そうな仕事に手間ばかりがかかってしまう。

文字をぎゅうぎゅうに詰め込んだ一枚の紙を見て、表、改行、箇条書きなどの文化を持ち出さずにはいられなくなったのである。

「ビクター、定規はあったか？」

「執務室にはございませんね。測量か設計の者なら持っているはずなので、借りてきましょう。少々お待ちを」

「ああ、頼む。少し待っていてくれ、ラフィーナ」

「はい……」

執務室を出るビクターの背中を見送る。

定規一本で少々大げさなことになってしまった。今さらフリーハンドでいいとは言い出せない。

しばらくしてビクターが持ってきた定規は、金属でできたL字型の定規だった。

細かい目盛りがびっしり刻まれている。

日本では建設現場などで使われていそうな、明らかに事務用品ではない定規である。

持ってきてくれたビクターに礼を言って机に向き直ったラフィーナは、二対の視線を感じながら表を書き始めた。

まずは定規を裏返しにする。

こうすることで斜めになっている目盛り面と紙の間に隙間《すきま》ができて、インクがにじまない。

横列はひとまず、通し番号、品目、個数集計欄、合計欄の四列作る。

各地区からの申告書を見ながら集計欄に「にんじん　正正一」「たまねぎ　正正正」というように正の字で数えていく。

全ての地区分を同じように転記したら、正の字を数えて合計欄に数字を記入する。

「できました」

「なんと面妖な」

ビクターが思わずといった様子で呟いた。

「面妖って」

「食材の集計で何を設計するのかと思った。面白いな」

ベリオンも感心したように言う。

「表、といいます。私はこれが見やすいんですが……分かりにくいでしょうか？」

「慣れたらそうでもない」

まったくもって表というものが存在しない世界だったのだろうか。

王都にいた頃のラフィーナは領地運営の勉強をしていたが、グラフや箇条書きはともかく表に関しての記憶がない。

「君の発想はいつもすごいな。なんというか……考え方が根本的に違う気がする」

ぎくりと肩を震わせた。

違う世界で生きていた頃の記憶があるのだから、根本的に違うのは気のせいなどではない。

実に鋭い指摘だ。

「褒《ほ》めているんだ。他意はない」

「あ、ありがとうございます」

「どこでこういうのを覚えたんだ？　ここに来るまではずっと王都だったんだろう」

「ええと……ひらめいたんです、突然」

ベリオンが黙り込む。

前にも似たような言い訳をしたことを思い出した。

何から何まで「ひらめき」や「思いつき」では、さすがに苦しいだろうか。

「……噂《うわさ》とは本当にあてにならないものだな。改めてそう思う」

「私もここに来てそう思いました」

ベリオンは王都で聞く通りの『バケモノ辺境伯』ではあったが、中身は優しかった。

父や婚約者については噂に尾ひれだ。

噂に惑《まど》わされ馬車の中で終始震えていたことが大昔のように感じられ、どこか懐かしい。

「ラフィーナ、君は素晴らしい女性だ」

急に空気が変わった気がして顔を上げた。

深緑の目に射貫《いぬ》かれ、視線をそらすことができなくなる。

「妻になってくれたのが君でよかった」

「あ、あ、あああの……」

口もまともに回らない。そんなラフィーナを見つめる深緑に熱がこもり始める。

「……ラフィーナ……」

机を挟んだ向こうから手が伸びてきて、指先が触れ合う。

びくりと跳ねたラフィーナの手がぎゅっと握り込まれた。

顔が近づいてくる。

——キスをされそうになっているのではなかろうか。

そう気づいた瞬間、さっと身体を反《そ》らした。

握られた手を抜き取り、空いていた方の手で覆うように胸に寄せる。

心臓が痛いほど跳ねていた。

「……私たちは夫婦だろ」

眉を寄せたベリオンが不満げに呟く。

「初夜で寝室を別にしたのは悪かった。でももう、人の姿にも戻れるようになったから……」

(ま、まずい！　この雰囲気はまずい！)

執務室を見渡すが、なぜかビクターの姿がない。

この雰囲気を察知してか、いつの間にか出ていってしまったらしい。

精霊もいない。ササミもいない。こういう時に限って二人きり。

白い結婚からの円満離婚および就職の危機だった。

「たっ、確かに！　私たちは法に認められた夫婦ではありますがっ！　ここっ、恋人でもないのに、昼からこういうのは……っ！」

恋人なら昼からでもいいとか、そういうことではないのだが、とにかくこの雰囲気はよくない。

とっさに叫んだラフィーナだったが、すぐに後悔した。

「………」

ベリオンが分かりやすくショックを受けていたからだ。

「あ、あの……ベリオン……」

泣いているわけではない。怒っているわけでもない。

ただ感情の抜けた顔でラフィーナを見ているだけ。

そんなベリオンの様子にいたたまれず、ラフィーナはぽつりと言った。

「……あなたはこんな余りものと結婚するような方ではなかったんです。もっといい方がいらっしゃいます。それに」

口が勝手に動いていた。

「私は、いつか消えるかもしれないので」

＊

お茶の用意をしに戻ったビクターが気を利《き》かせて退室し、再び二人きりになった執務室。

少しぬるめのお茶で喉の渇きを癒《い》やしたラフィーナから肩の力が抜ける。

ベリオンも同じようにくつろいだが、難しそうな顔はそのままだった。

「……前世？」

「たぶん、ですけど……」

カップを置いたラフィーナが頷《うなず》く。

『私は、いつか消えるかもしれないので』

その言葉をベリオンは自殺予告と受け取ったようで、実に激しくラフィーナを問い詰めた。

ラフィーナはやってもいない罪を自供したくなるような気分になりながら、とつとつと白状する羽目になったのだった。

「前世の記憶を思い出したのは結婚した日、ここに向かう馬車の中でした。馬車が跳ねて頭をぶつけて、と思ったらこうなっていたんです」

洗濯機やカメラなど、今までのアイデアは全て前世にあったもの。

侯爵家の娘でありながら洗濯場や厨房《ちゅうぼう》に出入りしていたのは、前世では働くのが当たり前で抵抗感などなかったから。

バケモノ辺境伯のベリオンを見て悲鳴を上げなかったのも、前世の創作物には似たものが珍しくなかったからだ。

「よく、分からないんだが。君はラフィーナ・オーレン侯爵令嬢ではなかった、ということか？」

「ラフィーナとして生きてきた記憶はちゃんとありますし、この身体がラフィーナのものであることは間違いないかと。でも、意識は前世のものが強いです」

前世では苦労したが、次の日には相続放棄で楽になれるはずだった——火事さえなければ。

そんな思いが強いので、ラフィーナの記憶や感情が消えたわけではないが、火事による無念の次くらいに引っ込んでいる。

「どうやら前世は火事で死んでしまったらしくて。夜寝ていた時のことなので、気づいたら逃げ遅れていて……心残りだらけなんです。せっかく生きている今、自殺なんて絶対にしません。精一杯ここで生きます。でも、この身体を返すべき時が来るなら返さないと、とは思っています」

その時のために、ベリオンはラフィーナではなく、別の人を妻にしておくべきなのだ。

「実際そうなるかは分からないんだろう。ずっと今のままかもしれない」

「確かにその通りなんですけれど。でも、もし今の私が消えて、ラフィーナが戻ってきたとしたら……」

自然と言葉が途切れる。この先を口にするのがためらわれた。

（ラフィーナはバケモノ辺境伯が怖くてこうなった。だから……）

次に人格が入れ替わった時、ラフィーナはバケモノ辺境伯と結婚したショックでひっくり返るかもしれない。

部屋に閉じこもって泣き暮らしでもしたら、ベリオンは傷ついてしまうだろう。

（いやでも、私にラフィーナの記憶や感情があったみたいに、ラフィーナにも私の記憶や感情が残るとしたら……あれ？）

改めて今の自分が消えた後の二人を想像してみる。

記憶と感情を引き継ぐなら、何の問題もなく仲良くしている可能性が十分にあった。

ベリオンは人の姿に戻ることができる。

ラフィーナの王都での噂も時間とともに消えていくだろう。

客観的に見れば美男美女でお似合いの夫婦だ。離婚する理由がない。

それなら今、ベリオンの気持ちを素直に受け入れてしまってもいいのではないだろうか。

（でも……いやだな……）

その時ベリオンの隣にいるのは、自分であって自分ではないラフィーナだ。

（そんなのは耐えられな……って！）

「うぅ……」

「ど、どうした？」

中途半端なところで口を閉じうなり始めたラフィーナに、ベリオンは慌てた様子で近づいた。

美貌が心配そうに歪められている――かと思えば、その顔は徐々に崩れていく。

ラフィーナはベリオンを睨《にら》んだ。

「なんで笑ってるんですか」

「いや、だって……そんな顔を見せられたら……」

「どんな顔」

ベリオンは嬉しくてたまらないといった様子で微笑《ほほえ》んだ後、照れ隠しのつもりか片手で口元を隠した。

「……期待したくなる顔」

「…………」


ラフィーナは無言のまま、すっと立ち上がった。

呼び止めるベリオンの声は聞こえないふりをして、薄く開けた扉から素早く廊下へと出る。

そしてそのまま、全力で走った。

「フィオく様！　またそんな洗濯なんて……うわ、濡《ぬ》れる！」

洗濯場に到着すると、冷たい溜《た》め池《いけ》に手を突っ込んだ。

十分に濡らした手のひらで両頬を叩《たた》き、服まで濡れるのも構わずに波打つ水面を見つめる。

顔が熱いのは、走ってきたから。

顔が赤いのは、思いきりひっぱたいたから。

（ラフィーナに嫉妬《しっと》したわけではない！　ベリオンにときめいたわけでもない！　断じて！）

声に出して叫びたくなるのをこらえ、もう一度、冷たい手で頬を叩いた。

結構痛くて、ちょっとだけ涙が出た。

＊

無事に祭りを迎えたその日の昼前、ベリオンは久々のバケモノ姿で現れた。

「予定通り写真を割ったが、後でまた撮ってもらえそうか？」

「大丈夫そうです」

いつもと違う浮き立ったような城の雰囲気に包まれて、精霊の二人も楽しそうに宙を舞っている。

写真一枚くらいならご機嫌で撮ってくれるだろう。

「では行こうか」

「はい」

大きな布で顔を隠したベリオンと広場に向かう。

ここに置かれた舞台で行われる領主の挨拶が収穫祭の始まる合図となるそうだ。

ベリオンが人の姿に戻れるようになったことは、まだごく一部にしか知らせていない。

今日のところはいつも通りの姿で現れて混乱を防ぎ、祭りを楽しんでもらうためだ。

広場に集まった人はまばらだった。

しかしよく見ると顔も確認できないほど遠くだったり、建物の向こう側からちらほらと人影が見えている。

布を被《かぶ》っていても恐ろしいバケモノ辺境伯の側《そば》に寄りたくないが、領主様の挨拶は聞きに来た、ということらしい。

こう見えてベリオンは領民に慕《した》われている。

「では、領主様からのご挨拶をいただきます！」

ベリオンの姿を恐れない貴重な文官が司会を務め、ラフィーナは奥様としてにこにこと微笑んでいる。

その隣でベリオンは布の間から出した手を掲《かか》げた。

鋭い爪の光る寒色系のまだら鱗《うろこ》の手だ。

悲鳴と歓声の入り交じる声が広場に響き渡ると、ベリオンは手を引っ込めた。

なんとこれで挨拶終了である。同時に、青い空に万雷が鳴った。

祭りの開始を知らせる昼花火がドドドッと大きな音を立て、白い煙を舞い上げる。

火薬を使う花火ではなく、魔法士が魔法で打ち上げているので、色とりどりの紙吹雪も仕込まれている。

花びらのような紙吹雪を浴びながら城に戻り、写真を撮ったところで、二人は解散した。

人型に戻ったベリオンはこの後も仕事があるらしい。

ラフィーナはもうやることがないので、部屋に戻り衣装部屋の窓を開けた。

この窓から顔を出して左側を見ると少しだけ城下の様子が見えるのだ。

たくさんの人が歩いている。賑《にぎ》やかな音楽と、食欲を誘う香ばしい匂いがここまで漂っていた。

祭りの本番は夜らしい。夜はもっとすごい、とはベリオンを始めイスティやアルマなど複数人から聞かされた話である。

「いいなぁ」

ここからでも分かる楽しそうな雰囲気にそわそわしてしまう。

前世のラフィーナはお祭りや縁日の独特な雰囲気が好きだった。

住んでいたアパートの近所でも毎年お祭りがあったが、ああいうのは何でも割高なので、雰囲気だけ少し楽しんで家に帰るのが恒例となっていた。

(今年はどうしようかな)

結婚当初は勝手に城を出ることもあった。

そこで出会った少年にレモンをもらったり、教会の片隅で読み書きを教えたりしていたのだが、それらはベリオンに全てバレており、今やきちんとした事業としての取り組みが始まっている。

ラフィーナもメンバーの一人として携わらせてもらっているので、好き勝手に外へ出る機会はなくなってしまった。

(いつぞや、勝手に抜け出しませんと言ってしまったわね)

衣装部屋を出て居室に戻る。

イスティは単身赴任中の夫が戻ってくるということで三日ほどの休みを取っており不在。代理の侍女も今は席を外している。

「…………」

ふと悪巧みが頭をかすめた時、部屋の扉が叩かれた。

「っ!」

タイミングが悪い。

嫌に跳ねた心臓を抑えながら深呼吸して、つとめて冷静に「どうぞ」と声を出す。

そっと扉を開けて顔を出したのは、ベリオンだった。

「ラフィーナ。今いいか?」

「え、ええ。もちろんです、どうぞ」

間の悪さと先日の暴露話のせいで、二人きりになると動悸《どうき》が激しくなってしまう。

息も絶え絶えとなって返事をした。

部屋に入ってきたベリオンは簡素な服を着ていた。

いつもは南の領地らしくゆったりした仕立てのいい刺繡《ししゅう》入りの服などをまとっているのだが、
今は無駄な布がなく、布地は粗めで仕立ても段違いだ。

目立つ赤髪も後ろで一本の三編《みつあ》みにまとめられている。

「わっ。どうしたんですか、その格好」

「君の分も持ってきた」

差し出された服も似たような作りだったが、素朴でかわいいデザインだった。

（こうして見ると私のやってた変装って、仕立てのいい地味な服、ってだけだったのね）

目ざとい者はごまかせまい。

実に甘い変装だったことを思い知らされたところで、はたと気がつく。

「この格好、ってことは外に出るんですか？」

「一緒に行こう」

ベリオンは肯定の代わりにラフィーナを誘った。

「えっ……と」

悪いことを考えそうになっていたにもかかわらず、少しばかりためらってしまう。

二人で変装してお祭りだなんて、まるでデートみたいではないか。

「城の隠し通路から外に出られるから、点検ついでにそこを通っていこうと思うんだが」

「隠し通路」

冒険心をくすぐられる響きだった。

しかも「点検ついで」という、男女のあれこれとは無縁な単語まで出てきている。

まだ仕事があると言っていたし、ベリオンが祭りに行くのは単なる視察みたいなものなのだろう。

「すぐに着替えてきますっ」

衣装部屋に駆け込んだラフィーナをベリオンがどんな顔で見つめていたのかなど、知るはずもない。

＊

静謐《せいひつ》な隠し通路は普通の民家に偽装した一軒家の地下に繋《つな》がっており、そこから外に出た瞬間の賑わいは、まるで別世界に来たかのようだった。

広場から延びる大通りと、途中で十字に交差する通りが、出店で賑わう場所となる。

飲食物は領主からの差し入れにより非常に安い値段で提供されており、どの出店も大繁盛《だいはんじょう》だ。

二人も人通りの多い道をのんびりと歩きながら途中で食べ物を買った。

座るところもないので食べながら歩く。

買い食いや食べ歩きはラフィーナにとって初めてのことで、前世から通して考えても思い出せないほど久々だった。

「ん！　美味しいです！」

「ああ。久しぶりに食べたけど変わらないな」

購入したのは薄く伸ばして焼いたクレープのような生地に、野菜と肉を挟んでソースをかけてくるんだものだ。

もちもちだが香ばしい皮には全粒粉かそば粉が混ざっているのかもしれない。

やや小ぶりなサイズだったので、食べ終わってもお腹にはまだまだ余裕がある。

いい匂いに誘われるまま二人は歩いた。

すれ違う人は誰もベリオンに目を留めない。

「全然気づかれませんね」

「領主の顔など覚えてはいないさ」

数時間前にバケモノ姿で挨拶していた領主が、まさか人間の姿で堂々と祭りを楽しんでいるとは思いもしないだろう。

ベリオンもこうして出歩くことを考えた上で、あえてあの姿で挨拶したのかもしれない。

その後もいろいろと購入したが、食べずに持ったまま、なぜか坂を登った。

石畳で舗装されていた坂道は次第に土がむき出しとなり、周りには草木が目立ち始める。

もはや想定外の登山である。息が上がってくるが、ここまで来て立ち止まるわけにもいかず、ひたすらベリオンの背中を追いかけた。

しばらくして背の高い草を掻《か》き分《わ》けると、緩やかな下り坂となった原っぱに出た。

眼下に街の様子が一望できる、眺めのいい場所だ。

ベリオンは原っぱの真ん中にハンカチ――にしては大きな布を敷《し》き、ラフィーナに座るよう促《うなが》した。

「疲れただろう」

「さすがにちょっと。さっき買ったお酒、飲みましょう」

二人で手分けして持っていた食べ物を広げ、それぞれ酒の封を開けた。

瓶《びん》ごと冷やされたエールで、ラフィーナは日本でよく見たような黄金色のもの、ベリオンは黒いものだ。

まだ十分に冷えているエールが登山で上がった体温を程よく鎮めてくれる。

一緒に買ったソーセージは皮がぱりっと弾《はじ》け肉汁が垂《た》れるほど。

少し強い塩気に流し込むエール。合わないはずがなかった。

「美味しい～！」

思わず叫んでしまうのも、しかたないことである。

ほかに購入したのは、きのこのクリーム煮を包んだ一口パイ、店主自慢のソースをかけた白身魚のフライ、チーズとハムの盛り合わせに根菜の酢漬け、デザートにはカットフルーツ。ぬるくなっても美味しいお酒と、チェイサー代わりのお茶。

ちなみに、道中ラフィーナが持っていたのは一口パイと酢漬けだけで、あとは全てベリオンが持ってくれた。

昼食を食べる前に出て、思ったよりたくさん歩いたので、食が進む。

やがて空が暗くなってきた時、ベリオンに言われて街を見下ろしたラフィーナは目を見張った。

「わぁ……」

薄暗闇に浮かぶように街の家々が光っている。

電気による夜景とは少し違う柔らかな光だ。その光が城を越え、どこまでも広がっている。

「この景色を君に見てもらいたかった」

闇が深くなるごとに強くなる光にほんのり照らされながらベリオンが言う。

息を呑《の》むほど美しい光景だった。

誰もが夜はすごいと口にしていたが、確かにこれはすごい。

少しばかり見とれていたラフィーナは気を取り直して隣のベリオンに感動を伝えた。

「すごくきれいですね……どうして光ってるんですか？　魔法？」

「鉱山から発光する石が採れるんだ。それを粉にして塗料に混ぜて、魔法で定着させたもので線を引いたり、絵を描いたりしている。城の壁は魔法士が画家を宙に浮かばせて描いている」

「高所恐怖症の画家には難しそうな仕事ですねぇ」

道は大通りから小道に至るまで、家や店舗に街路樹ですら光っている。

特にアルガルド城は圧巻で、面積が広いだけあって美しい模様が描かれていた。

陽が落ちて祭りはますます盛り上がっているようだ。

広場では人が集まり、輪になって踊っているのが見えた。

賑やかな音楽がここまで聞こえてくる。

「収穫祭と言ってはいるが、本当は慰霊祭なんだ」

「慰霊祭？」

「初代の頃、ここは本当に住みづらい土地だったらしい」

家畜は魔物に襲われ、食物も育つ前に荒らされる。

それでも初代はここを人の住む土地に変えなければならなかった。

ほかに住むところがなかったのか、当時の領土争いの結果なのか、そのあたりの理由は分からないようだ。

「今は魔物の縄張りをある程度把握していて、人がそこを越えないように注意できている。でも当時は今ほどそれが分かっていなかったから、たくさん人が死んだ。人手が減って、家畜も畑もだめになって、飢えて死んだ領民もいた」

それでも土地を捨てずに粘っていると、十年も経《た》つ頃には状況が少しずつ改善してきた。

初代は年に一度、麦の初穂を収穫する時期に収穫祭を開催することにした。

この日ばかりは誰もが思う存分腹を満たせるようにと、城が買い取った食材を配った。

ほんのり光る以外に使い道のなかったくず石で街を飾り、楽器を鳴らし、それをこれまでの死者への弔いに変えた。

光る街並みは年々広がっていく。

それを見るのが初代の楽しみで、死んでしまった民を思いながら毎年この場で酒を飲んでいたという。

「以来、ここは領主一家の特等席になっている」

一家、の言葉にラフィーナは赤面した。

確かに法律上ではラフィーナとベリオンは家族なのだが、どうにも気持ちが追いつかない。

「毎年続けていたが、ここ五年ほどは祭りを開催できてなかった」

「砂漠の主《ぬし》のせいですね」

「そう」

オアシスを結ぶ街道で人を襲い、国王から直々に討伐命令が出るほど交易に影響を与えた魔物だ。

長引く戦いのせいで祭りを開催する余裕すらいつしか消えてしまった。

「倒した後もみな疲弊していて、余裕がなくてな……父がいればよかったが」

薄暗闇にぼんやり照らされるだけのベリオンの表情は普段と変わりないように見える。

声もいつも通りだ。

けれど、どこか寂しそうな空気をまとっている。

ベリオンはずっと遠く、砂漠の方角を見て続けた。

「今年ようやく父を弔えた……って、なんで君が泣いているんだ」

「え？　な、泣いてなんて」

言いながらまばたきした目尻から、ぽろりと雫《しずく》が落ちる。

目の前は「暗いから」だけが理由にはならないほど霞《かす》んで見える――涙の膜ができているからだ。

「……泣いてます」

「うん、そうだな。どうしたんだ」

言えるわけがない。

（ベリオンが寂しそうに見えたから、とか）

ベリオンはバケモノ辺境伯の呼び名に加え、父殺しの人でなしなどと噂されている。

表面的な事実だけを言うならそれも間違いではないのかもしれない。

（砂漠の主を倒すために命をかけた父子だったのに……）

王都の人間はどれほどの葛藤《かっとう》があったのか知りもせず、噂話と砂漠からの品だけを享受している。

かつてのラフィーナもきっとそのうちの一人だった。

（噂を鵜《う》呑《の》みにしていた自分が情けないだけであって、泣きたいのに泣けない顔してる不器用な人のために泣いてるとかベタな感じではないので！）

誰にともなく言い訳をしながら、涙をごまかすようにすっと立ち上がった。

「母を思い出してしまいました。私の母が生まれ育ったところでも、死者を弔って光を灯《とも》す風習があったんですよ」

「母、というと」

「前世の方の母です」

腕を伸ばす。近くを漂っていた光の精霊がラフィーナの指先に寄ってきた。

「私も弔いたいです。ベリオンのお父様を」

指先に乗せた精霊ごと手をそっと上に上げた。

その緩やかな勢いのまま、精霊が上へ上へと登っていく。

「……！」

同時に、街からも光が粒のようになって立ち昇った。

賑やかだった街がしんと静まりかえる。誰もが足を止めて、空を見上げている。

真下からの光景は圧巻だろう。少し離れたこの場からも、なかなか迫力のある景色が見られた。

「君は、火事で死んだと言っていたな」

ゆっくり昇っていく光から目を離さないまま、ベリオンが言った。

「はい。たぶん、ですけど」

「……助けに行きたかった」

乾いたと思った涙がまたじわりと滲《にじ》む。

「死にたくはなかっただろう」

「……はい」

立ち昇った光が、やがて空に吸い込まれるようにして消えていく。空に灯っていた全ての光が消えた時の歓声がここまで届いた。

喜んでもらえたようでラフィーナも嬉しい。なんだかしんみりしてしまったが、自然と頬が緩んだ。

「ラフィーナ」

「はい、そろそろ帰り……」

ますか？　そう続けようとしたラフィーナの額に、柔らかいものが触れる。

ちゅ、と小さな音を立てて離れたその先には、ベリオンの美貌があった。

何をされたか理解するより先にベリオンが言う。

「……君と恋人になりたい」

「……！」

「『夫婦だけど恋人ではない』は、悔《くや》しいけど納得したよ。私は結婚という契約に甘えていたな」

少し前、ラフィーナがベリオンに告げたことだ。

あの時の感情を失ったようなベリオンの表情が思い出されて、ラフィーナの胸がぎゅうと痛む。

「人の心は契約には縛られない。だからこそ、君の心を私に預けてもらえたら嬉しい」

「……前にも言いましたよね。あなたは呪いさえなければもっといい方と結婚していたはずで、私みたいな頭のおかしい人間と出会うこともなかったんです。写真でたまたま人の姿に戻れるようになったから、感謝と恋愛感情が混ざっているのかもしれないし……」

「言っておくが、私は人の姿に戻る前から君に惹《ひ》かれていたからな。それと」

言葉を失うラフィーナに、ベリオンは続ける。

「出会うはずのなかった私たちが出会って、結婚した。こういうのを運命と呼ぶんじゃないのか？」

「……っ」

自分で言っておきながら照れているようで、ベリオンの目尻は赤く染まっている。

ラフィーナの顔にも湯気が出そうなほど熱が集まった。泣き笑いのような声が漏れ出る。

「いつか終わってしまうかもしれないのに」

「いつか終わりが来るのは皆同じだろう。それよりも私は、ラフィーナと過ごす今を大切にしたい」

「その時に傷つくのはベリオンですよ」

「臆病では幸せになれないよ、ラフィーナ」

「……！」

母の最期《さいご》の言葉を思い出す。

『幸せになって』

幸せになりたいと思っていた。

幸せにならなければいけないと思っていた。

だから堅実に生きてきた。ずっと節制して、ほしいものもやりたいことも我慢して、危ない橋を渡らないようにして。

そうやって一人で生きて、一人で死んだ。

（不幸だとは思ってなかったけど……）

母が言っていた幸せは、あんな人生だったのだろうか？

「幸せになるって、難しい」

「難しいことは二人で考えよう。ゆっくりでもいいから」

ラフィーナは少ししてから、おずおずと頷いた。

手を繋いでのんびりと坂を下り、城に帰る。

もう一人ではない。伝わる体温が、そう教えてくれた。

■6　はりぼての家族

収穫祭から数日後の昼下がり、二人は執務室で押し問答を繰り返していた。

「頼む」

「嫌です」

「頼む」

「い、嫌です」

「あれだけ私の写真を撮っておいて、君は嫌だと言うのか」

「言いますとも。私は撮るのは好きですが、撮られるのは好きじゃないんです」

「十日近くも妻に会えない哀れな夫がこれだけ頼んでいるのに？」

「ううう……」

明後日《あさって》から砂漠へ遠征に行くベリオンが、その間会えない妻の顔写真を持っていきたいと言った。

自分の写真を撮られるのが好きではないラフィーナがその願いを却下した。

押し問答の発端はそんな些細《ささい》なものである。

「何がそんなに嫌なんだ」

「だってなんだか恥ずかしいじゃないですか」

「恥ずかしくない。頼む」

「何度もお断りしてます」

「どうか、この通り」

「ううう！」

ビクターはすでに姿を消している。

その代わり、休憩用のテーブルの上に冷めても美味《おい》しい紅茶と茶菓子が残されていた。

できる家令《かれい》である。

「せめて二人で写るとか……」

「うっかりずれたらどうする」

「うっかりずれる……とは……？」

「自分の顔にキスをする趣味はない、という意味だ」

「避《よ》けてくださいっ！」

とはいえこれ以上問答していては仕事が進まず、そのうちビクターからも苦言を呈《てい》されそうだ。

ベリオンはラフィーナに対する甘さを隠さなくなった。

赤面をごまかせなくなるような言葉が出てくる前に引き下がるのが賢明。

収穫祭の日以来、そのような学びを得ている。

「……一枚だけですよ」

「ああ、大事にする」

出会った頃とすっかり印象が変わってしまったベリオンから視線を外し、宙を見上げた。

「キャシー！　写真をお願いしまーす！」

「イイわヨ～」

声に応《こた》えてぽんっと出てきたのはくせ毛の精霊だ。

もはやカメラの付喪神と化しており、ラフィーナによってキャシーと名付けられた。

「何度見ても不思議だな」

「私から見てもなかなか不思議な光景ですよ」

キャシーは自分より大きなカメラを軽々抱えて浮かんでいる。

精霊の姿を目にできないベリオンからすると、カメラが急に現れて宙を漂っているように見えるのだそうだ。

ラフィーナは執務室の日当たりのいいところに立ち、カメラを見た。

「アラ。今日ハ、カッカ、ジャないノ？」

「うん、私」

「フーン」

「顔がよく映るように頼む」

「えーと、キャシー、胸から上でお願いします」

「ワカッタ。ジャ撮ル、ワヨー」

ぎこちなく微笑《ほほえ》んだ瞬間に「撮レタ、ワヨー」の声が上がる。

シャッターも何もないカメラなので、シャッター音がない。異世界文化なので「はい、チーズ」もない。

あっという間にラフィーナの写真撮影は終わった。

キャシーから出来上がった写真を受け取る。歴史の教科書に載っていそうな胸上写真が見事に撮れていた。

「どうぞ」

「……うん、よく写っているな」

ベリオンは机の引き出しからいそいそと革張りのケースを取り出した。

金具がついた二つ折りタイプで、中のクッションは深紅のベロアで覆われている。

写真サイズの溝に受け取ったガラス板を埋め込んだ。

(ずいぶん用意がいいわね……)

ラフィーナは呆《あき》れるべきか照れるべきか判断できず、無表情で突っ立っている。

「ありがとう、これで遠征に行……」

「い？　どうかされましたか？」

写真から視線を外しラフィーナを見たベリオンは、何度かまばたきをした。

手元の写真を見て、またラフィーナに視線を戻す。なんとなくその反応に既視感を覚えた。

「あの、ベリオン？」

初めてベリオンの写真を撮り、姿が変わっていて驚いた時の自分そのものではないか。

「……まさか……え……？」

顔をぺたぺたと触っても、鱗《うろこ》も角もない。

しかし。

「……君も顔、変わったな」

「えええーっ！」

冗談のような悲鳴が執務室にこだました。

＊

鏡を見ると、確かにラフィーナの顔ではなくなっていた。

金に近い亜麻色《あまいろ》の髪は、けぶるような金髪に。海の色だった瞳は、空の青に。きゅっと跳ね上がった目尻は、柔《やわ》らかなたれ目に。

どれもわずかな変化だが、顔の印象を大きく変えている。

「えっ？　な、え？　しゃ、写真、割……っ！」

ベリオンはラフィーナの写真を割ることをためらっている。

いつぞやの研究者たちを思い出す姿だ。

ラフィーナ本人による容赦ない膝蹴《ひざげ》りでガラスを割ると、すっと元の顔に戻った。

「キャシー、キャシー」

「ハイハイ、ハーイ」

笑顔を浮かべる余裕もなく、もう一度写真を撮る。

ガラス板に写る顔はラフィーナのもの。

しかし鏡に映る顔は、ラフィーナとよく似ているが、明らかな別人だった。

「ど、どういうこと？」

「君も魔物の呪いにかかっていたのか？」

「まさか！　魔物を直接見たことはありませんし、呪われるようなことだって……」

言いながら、以前ふと覚えた違和感を思い出す。

（結婚した次の日だったっけ？　鏡に映る自分の顔が変だなって、もっとたれ目だったような気がする、って思ったのよね）

前世の顔がたれ目だったのかもしれない。成長に伴い髪色が濃く変わる話はよく聞く。目だって光の加減で違う色に見えたのだろう。

そう思ったから、違和感はすぐに忘れていたのだが。

（でもこの顔……）

どう見ても見覚えがある。

アルガルドに来る前、オーレン侯爵家で。元婚約者のアダムに寄り添っていた――。

「この顔はたぶん、カトリーナのものです」

「君の義妹だったか」

「はい」

血の繋《つな》がりはないのに、実の姉妹と間違われるほどそっくりなカトリーナ。

よく似た容姿を利用して姉の名を騙《かた》り、ラフィーナに『王都の毒花』の汚名を着せたのではないかと思われる張本人だ。

「私は砂漠の主《ぬし》から呪いを受け、砂漠の主とよく似たあの姿に変わった。今のこの顔が元の私だ。同じように考えると、これが君の本当の姿なんだろうか」

「確かに、子供の頃の私はこんな顔だった記憶があります。あのまま成長したらこうなるだろうな、という感じなんですが……違和感がすごい……」

ベリオンのように急な変化ではなかったはずだ。

だから成長によるものだろうと思って、本人も周囲も気がつかなかったのだろう。

「ということは、カトリーナも今、顔が変わっているんでしょうか」

「さて。砂漠の主はもう死んでいたから、私の場合は確かめようがなかったが……」

人型ベリオンそっくりになった魔物を想像した。いろいろとアウトだ。

ベリオンが執務室の引き出しから一通の手紙を取り出す。

厚手のしっかりした封筒に、金粉を混ぜた青の封蠟《ふうろう》――王家からの招待状だ。

「不参加のつもりだったが、行ってみてもいいかもしれないな」

「王宮の舞踏会ですね」

辺境伯として長く領地を空《あ》けたくないベリオンと、わざわざ家族や元婚約者に会うと分かっていて参加したくなかったラフィーナ。

二人の意見が一致していたので、不参加を予定していた王宮での舞踏会だ。

参加すればカトリーナの顔を見ることができる。

もし義妹が不参加だったとしても、実家への挨拶を口実にして訪問すればいい。

「でも、仕事は大丈夫ですか？」

「君のおかげでな」

バケモノ辺境伯が人の姿に戻ったことで城の人手不足は徐々に解消され始めている。

「私の件は国王にも報告しておかなければ後でうるさいだろうから、いい機会だ。いろいろと済ませてしまおう」

「はい」

ラフィーナとベリオンの王都行きが決定した。

*

ひとまず写真を割って、ラフィーナは今までの顔に戻すことにした。

若干とはいえ急に顔が変われば周りが困惑する。けれど事情を説明することは難しいからだ。

ベリオンはやや悩んだ様子だったが、遠征にラフィーナの写真を持っていくことは諦めたようだった。

どちらが妻の本当の姿か、まだ確定していないからだという。

「私は君の顔に惹《ひ》かれたわけではないからな。どちらでも君は君だ」

そう言い残して砂漠へと向かった。

ラフィーナは前世と合わせて考えても慣れない状況に赤面した顔で、遠ざかるベリオン一行を見送ったのだった。

遠征に向かったベリオンたちの無事を祈りつつ、少し静かになった城で過ごしていたラフィーナの元に、一通の手紙が届く。

義妹、カトリーナ・オーレンからだった。手紙の内容は他愛ないものだ。

婚約者とどこに遊びに行った、両親にドレスを買ってもらったなどと、嫌な結婚を押し付けた義姉に対していまいち配慮のないことが綴《つづ》られている。

それと同じくらい、ラフィーナの近況を尋ねる文章も書かれていた。

そして最後は『久しぶりに会いたいです。今度の王宮の舞踏会にて』で締められていた。

（私が嫁《とつ》いでから一度も手紙を寄越したことがないのに、このタイミングとはね）

疑惑が確信に変わった瞬間だった。

ベリオンの呪いが写真に封じ込められて人の姿に戻ったように、ラフィーナも写真を撮ることでカトリーナと顔が入れ替わった——元の姿に戻ったのだ。

（でもやっぱり分からないわ。今まで魔物を殺したことはもちろん、会ったことすらないから、呪いを受ける機会なんてなかったはずだけど……どうしてカトリーナと顔が入れ替わったの？）

ベリオンの場合、相手は魔物だが、ラフィーナとカトリーナはどちらも人間だ。

姉妹に影響を与えた魔物がどこかにいるのだとしても、やはりまったく身に覚えがない。

（……カトリーナは侯爵家の庭に迷い込んできたのよね）

ラフィーナが十歳の冬。

当時は両親の愛情を受け、寒いけれど温かい、そんな時間を過ごしていたこともあった。

一人の子供が現れたのは、両親に挟まれて手を繋ぎながら、冬の庭にうっすら積もった新雪を踏み歩いていた時のことだった。

冬だというのにコートも着ずにむき出しの手や膝を真っ赤《まっか》に染めていたその子は、一家の前に出てきて、しばらくぼうっと三人を眺《なが》めた。

かと思えばその場に倒れ込んでしまったので、ひとまず侯爵家で保護することになったのだ。

ラフィーナはその子供が気になって、寝かせている使用人部屋に足繁《あししげ》く通った。

目を覚まし、少しずつ元気を取り戻した子供の話では、実の両親は死んでしまったらしい。

最初に父親、次に母親と死に別れ、行く当てもなく歩いていたら、いつの間にか侯爵家の庭に迷い込んだのだそうだ。

子供の処遇を話し合っている両親にラフィーナは「妹がほしい」と言った。

看病の名目で通い詰めているうちにすっかり仲良くなっていたからだ。兄弟姉妹に憧《あこが》れもあった。

オーレン侯爵夫妻《ふさい》は娘の望み通り、その子供を養子として引き取ることに決めた。

孤児を育てることが貴族のステータスの一種であったことと、当初からラフィーナと容姿が似通っていたことが決め手だったようだ。

子供はカトリーナと名付けられ、実の娘とほとんどわけ隔てなく育てられた。

一人っ子だったラフィーナは念願の妹ができたことが嬉《うれ》しくて、カトリーナをそれはそれはかわいがった。カトリーナもラフィーナを姉と慕《した》った。

社交界に出て『王都の毒花』の噂《うわさ》が立つようになるまでは、本当に仲のいい姉妹だったのだ。

（うーん……十歳当時の記憶とはいえ、どこにも魔物の影はないわね）

姉妹の容姿の入れ替わりに魔物は関係ないのかもしれない。

となると人為的なものということになるが、それでメリットを得るのはカトリーナくらいだろう。

（カトリーナにしても、そこまでのメリットにはならないと思うけど）

何が起きているのかは分かったが、原因も理由もまったく分からなかった。

（カトリーナに会えば何か分かるのかしら）


そんなことを考えた数週間後。

「つ、いた……」

ラフィーナはようやくたどり着いた王都のホテルで、ソファにぐったりと身体《からだ》を沈めていた。

（忙しかった上に、やっぱり酔った……酔い止めの薬ってどうやって作るんだろう……）

あの後ベリオンが無事に砂漠から戻ると、城は多忙を極めた。

領主夫妻が王都へ行く間の留守に備《そな》え、仕事を前倒ししたり引き継いだりと調整が続いたからだ。

舞踏会用の衣装製作も並行して進められたのだが、この時、絵心などないのに地球の民族衣装などを落描きしたのも悪かった。

斬新な意匠を目にしたデザイナーが燃えてドレスは全修整、作り直し。

ラフィーナとベリオンは仮縫いされながら書類を書くなど、少しの時間も惜しむ日々が続いた。

なんとかアルガルドを出発してからは、途中まで魔法士の転移門で移動した。

その先は地道に馬車で進むこと、約一日。

嫁いできた時よりずっといい内装で安全運行、しかも短距離かつ短時間だったが、ラフィーナはやはり馬車の揺れに耐えられず馬車酔いしたのだった。

「ラフィーナ、水を飲むか?」

「ありがとうございます。飲みたいです」

ベリオン手ずから水差しの中身をグラスに注《そそ》ぐ。

まだよく冷えている美味しい水を飲んで、ようやく人心地がついた気がした。

「ずっとまともに食べてないだろう。果物でも持ってこようか。やっぱり王都での社交なんて参加するべきじゃなかったな」

「少し休めばすぐに良くなりますから、そんなに心配しなくても大丈夫ですよ」

ベリオンがあからさまに心配そうな顔をして目の前をウロウロしている。

ラフィーナは苦笑しながらも、申し訳なく眉を下げた。

「でも、ごめんなさい。これじゃ今日は外に出られないかも」

「そんなこと気にするな」

王宮で舞踏会が開かれるのは明日の夕方から。

今日の夜はまた変装でもして少し王都を歩こうかと話していたのだが、その約束を果たせそうなほどの元気はなかった。

「侍女を呼んでくる。着替えてゆっくり休んでくれ」

ベリオンと入れ替わるようにイスティがやってくる。

締め付けのない服に着替え、化粧を落とし、柔らかいベッドに横たわった。

＊

本のページをめくる音。ペン先が紙をひっかく音。

そんな音が心地よく耳に届いて、ラフィーナは目を覚ました。

もうすっかり陽が落ちているのだろう。視界は真っ暗だが、部屋の隅に柔らかな光が灯《とも》っている。

視線を向けると、部屋に備え付けの机で仕事をしているベリオンの姿が見えた。

夜着の上にガウンを羽織っている。食事も入浴も全て済ませ、あとは寝るだけといった様子だ。

「ラフィーナ」

気がついたベリオンが水のグラスを片手に近づいてくる。

「……軽食を用意したんだが、食べられそうか？」

部屋全体に明かりを灯してから示されたテーブルには果物やサラダ、スープにサンドイッチなどが並んでいた。

軽食とはいえ罪深い時間ではあるのだが、道中ろくにものを食べていなかったので、さすがに小腹が減っていた。

「いただきます」

ラフィーナの答えを聞いたベリオンはさっと側《そば》により、ベッドから出たラフィーナの肩に薄手のショールを羽織らせた。

テーブルまでの短距離をエスコートして、椅子《いす》を引いて座らせた後は食べ物を取り皿に載せ、飲み物をつぐ。

あまりに甲斐甲斐《かいがい》しい様子のベリオンに、ラフィーナは目を瞬かせた。

「自分でできますから大丈夫ですよ。ベリオンもお腹空《なか》いてないですか？　一緒に食べませんか？」

ベリオンの前にもお茶のカップを置いた。

大人しく座り、勧められるままにサンドイッチを食べ始めるベリオンの表情はどこか暗い。

「私が寝ている間に何かありましたか？」

「いや、特に何も。それより、朝までもう一眠りできそうか？　眠れないなら何でも付き合うが」

ベリオンが指差す先には、各種テーブルゲームが揃《そろ》っていた。

生まれ変わりを白状する前の負けまくった夜を否《いや》が応《おう》でも思い出してしまう光景だ。

「敗北の悔《くや》しさで目が冴《さ》えそうな予感がします」

初めてベリオンの名を呼んだ気恥ずかしさまで蘇《よみがえ》ってきて、ごまかすようにりんごを食べた。

「食べて温かいお茶を飲んだらまた眠くなっちゃいました。ベリオンも疲れたでしょう。そろそろ寝ませんか？」

「分かった」

空になった皿はホテルの使用人に下げてもらい、改めて寝支度《ねじたく》を整《ととの》える。

ベッドに入るラフィーナの視線の先では、ベリオンがソファに横たわろうとしていた。

「え？」

思わず素っ頓狂な声が出る。

(なんでソファに……もしかして、同じ部屋なの？)

ラフィーナの声を受け、ベリオンは申し訳なさそうな顔を見せた。

「すまない。一部屋しか取っていなかったようで……」

「そ、そうだったんですね⁉」

収穫祭の夜に告白されていながらラフィーナがはっきりとした返事をしていないからか、二人は未《ま》だ別々に寝ていた。だから当然のようにホテルでも別部屋だと思っていたのだ。

「ビクター……」

万事お任せあれと言っていた家令の笑顔が脳裏に浮かぶ。

「悪気があったわけではない、と思うんだが、戻ったらきつく言っておく」

「いえ、それは！　夫婦ですから、一部屋で当然です！」

ゴクリと喉を鳴らし、部屋を見渡す。

最上階の広いスイートルームなのにベッドはひとつだけ。

三人がけのソファは大きいが、身長のあるベリオンではゆっくり身体を休められそうにない。

(私がソファで寝ると言えば押し問答になるのは火を見るより明らか……と、いうことは)

「……一緒に寝ましょう」

「……！」

「こちらに来てください」

「……いや、でも」

「ソファで寝るのはダメです」

「だが」

「なら代わりに私がソファで寝ますよ」

「それは駄目だ」

「ですよね。だから一緒にこっちで寝ましょう、ベリオン」

「…………」

このベッドはいわゆるキングサイズの巨大なものだ。二人で横になってもまだ余裕がある。

ベリオンはしばらく悩んだ様子を見せたが、諦めたようにソファから立ち上がった。

まっすぐベッドに来るかと思いきやクローゼットを開け、中から取り出したガラス板——ベリオンの写真を真っ二つに割る。角が生《は》え、尻尾《しっぽ》が伸び、バケモノ辺境伯の姿となった。

「急にどうしたんですか？」

「念の為《ため》に箱枕を持ってきておいてよかったな」

「ここまで作為的に割るために持ってきたんでしたっけ？」

「悪いが明日また写真を撮ってくれ」

「話が噛《か》み合《あ》いませんね」

ベリオンはラフィーナの言葉を無視したままベッドに潜り込んだ。

広いベッドの端と端に横たわり、ランプの灯《あか》りを落とす。

「おやすみなさい」

「ああ、おやすみ」

「…………」

「…………」

目を閉じるが、心臓の音が妙にうるさくて、眠気はどこかへ飛んでいった。

隣にベリオンが眠っている。ただそれだけのことを意識している理由など考えるまでもない。

無意味に寝返りを打った背中に控えめな声がかけられた。

「ラフィーナ、まだ起きているか？」

「はい、起きてます」

ころりとベリオンの方に向き直る。暗闇に浮かぶベリオンの輪郭《りんかく》は天井《てんじょう》を向いていた。

「どうかしましたか？」

「……君に謝りたくて」

「何を？」

「私たちが結婚した日のこと」

（結婚した日。謝る。それにこの状況。となると、白い結婚のこと……？）

謝罪自体は以前にも受けているのだが、まさかこのタイミングで初夜についても言及するつもりなのだろうか。

それはやめてほしい、と冷や汗を流しかけたが、続けられた言葉は別のものだった。

「あの日も具合が悪かったんじゃないのか？」

「……、あぁ！」

毛布の中でぽんと手を打ち付けた。

馬車酔いしたラフィーナを介抱するベリオンの表情が気になっていたが、ここに繋がってくるらしい。

確かに結婚した日も朝から馬車に揺られ、内臓がぐるぐるした感覚のまま式に臨んだ。

馬車に酔ってぐったりした今日のラフィーナを見て思い至ったようだ。

「それなのに私は最低な夫だった」

「…………」

白い結婚宣言のことだろう。結局、初夜についても言及されてしまった。

もうまったく気にしてないから大丈夫と言うべきだろうか。それとも、確かに少し具合が悪かったので何もなくてちょうどよかった、とでも言うべきだろうか。

どちらを言ってもベリオンがますます落ち込んでしまいそうな気がした。


「初めて会った時は、君がこんなに大切な存在になるとは思っていなかったな」

ぽつりと溢《あふ》れたような言葉に、体中が一気に熱を持つ。

隠れるように潜り込んだ毛布の中まで暑い。

詰まって出てこない言葉の代わりに、ラフィーナは少しだけ枕を中央へ寄せた。

戸惑《とまど》うような衣擦《きぬず》れの音が聞こえる。

「……私ももう少し、近づいても？」

「は、はい」

ベリオンが少しだけ近づいて、指先がわずかに触れ合った。

胸が高鳴るのに、どこか安心もする。

（不思議……冷たくて気持ちいいからかな……）

爬虫類《はちゅうるい》は少しひんやりしているらしい。

そんなことを知った瞬間には、優しく落ちるような眠りに入っていた。

＊

翌朝。

ラフィーナはベリオンの尻尾を足枕代わりにしていることに気がつき目を覚ました。

尻尾の太さ、弾力、位置などが実にちょうどよい。

（いやいや、さすがにこれはいかがなものか）

色気も情緒も何もない。

足をそっとどかし、広いベッドの上で伸びをしてから起き上がると、ちょうどベリオンも目を覚ましたようだった。

「おはようございます」

「……おはよう」

何度か瞬いてからラフィーナを映した目が細められる。

尻尾のことなど忘れて、ラフィーナも頬が緩んだ。

朝食の後、少しのんびりしてから夕方の舞踏会に向けての準備を進める。

この日のために用意されたドレスはラフィーナの落描きを元にしたものだ。

(ズバリ――チャイナドレス風ドレス！)

全体の形は王都の流行に合わせているものの、あえて肩やデコルテを出さない中華風の立ち襟《えり》となっている。

襟から胸元までは刺繍《ししゅう》やレースをあしらい、スリット入りのスカートは控えめなパニエで自然に膨《ふく》らませた。

髪は緩く巻いてひとつにまとめ、赤みの強い口紅を引く。

ドレスと同じレースの長手袋に透かし彫りの扇子を持てば準備は完了となる。

「ラフィーナ、よく似合っている」

「ベリオンも素敵です……！」

人の姿に戻ったベリオンも同じデザイン、同じ生地で仕立てた衣装をまとっている。

銀糸で刺繍を入れた詰め襟に、南のアルガルドらしいゆったりとした裾《すそ》の対比は、めまいがするほどの異国情緒にあふれていた。

移動には馬車を使う。王都一等地のホテルから王宮までは非常に近いので、ラフィーナが馬車酔いする前に無事に到着した。

「アルガルド辺境伯ベリオン・アルガルド卿《きょう》およびラフィーナ・アルガルド辺境伯夫人！」

高らかな声とともに会場へ足を踏み入れる。

すでに談笑を始めていた貴族たちは一斉に好奇の視線を向けてきた。

受け取った招待状の名を読み上げた使用人ですら、一拍遅れて「え？」と振り向いた気配がある。

王都でアルガルド辺境伯と言えばおぞましい呪いを受けた『バケモノ辺境伯』だ。

ところが王宮に現れたのは背の高い美丈夫である。

誰もが驚愕《きょうがく》に目を見開き、女性たちはぽっと頬を染めたが、そのベリオンの視線は隣の女性にのみ注がれていた。

腕を組んで並び立つ辺境伯の妻ラフィーナ。熱のこもった視線を受けて平然と微笑む様子には、『王都の毒花』と呼ばれただけの余裕が見受けられた。

……実際には緊張しすぎて、貼り付けた笑顔が取れないだけなのだが。

まずはまっすぐに国王の元へ向かい、深々と頭を下げた。

「国王陛下にご挨拶申し上げます。無精をしており申し訳ございません」

「構わない。楽にせよ」

国王は白っぽさの混ざるひげを撫《な》でながら、まじまじとベリオンを見た。

「懐かしい顔だ。偽者ではないのだな？」

「はい。幼い頃に陛下より短剣を賜った日のこと、忘れてはおりません。あまりにも喜びすぎて、短剣で初めて切ったものが自分の指でした」

「おお、おお。儂《わし》も覚えておるとも。アルガルドの小僧で間違いないようだ」

好々爺《こうこうや》然と笑った国王は、次にラフィーナを眺める。

「いやなに、それらしい偽者を連れてきたのかと言う者もいたのでな」

『王都の毒花』が赤の他人を夫だとうそぶいているのではないか。

視線にそんな含みを感じて、ラフィーナはにっこりと無言のまま微笑んだ。

「私に素晴らしい妻をあてがってくださった陛下にはなんと感謝を申し上げればいいか。呪いが解けたわけではなく、一時的にこの姿に戻っているだけではありますが、こうして陛下に再びお会いできる姿となれたのも妻のおかげなのです」

「詳しく聞きたい」

国王一家だけでなく側にいた貴族も聞き耳を立て、固唾《かたず》を呑んで見守っている。

注目を浴びる中、ベリオンは一枚のガラス板を取り出した。写真だ。

「こちらのガラスに私の呪いが封印されています」

「ずいぶん精巧な絵だな」

「特別な魔法具を使用しておりますので。これを割ると呪いが戻ります」

手渡されたガラス写真を眺めていた国王は、それをベリオンに返した。

「その話は後日ゆっくり聞かせてもらいたい。王都は久々だろう。存分に楽しんでいけ」

「かしこまりました」

「ありがとうございます、国王陛下」

御前《ごぜん》を下がり、挨拶待ちの貴族たちとすれ違いながら、軽食が用意された一角へ向かう。

一見優しそうな顔でも一国の主《あるじ》であり、バケモノ辺境伯と王都の毒花を結婚させた張本人だ。

緊張のせいで喉が張り付きそうだった。

給仕から受け取った冷たい飲み物を半分飲んで、ふうと息を吐く。

「生き返った……陛下には何度お会いしても身がすくみます」

「結構なお歳《とし》のはずだが、衰えない方だよな」

「それに、ベリオンのわんぱくっぷりにも驚きました。あの場では声が出せないから、こらえるのが大変でしたよ」

「男なんて子供の頃はみんなそうだろ」

「みんなではないと思いますけど。ふふっ、アルガルドの小僧って」

肩を寄せ合い小声で話しながら、視線を広い会場へと向けて義妹の姿を探す。

「来ているか？」

「今のところ見当たらないですね」

この舞踏会で会いたいと手紙を送ってきたくらいなので、探さなくてもそのうち向こうから寄ってくるだろう。

（あの子、大丈夫かしら……）

オーレン侯爵の養子として実の娘とわけ隔てなく育てられたが、それでもカトリーナとラフィーナは違う。

いずれ迎える婿《むこ》とともに爵位を継ぐための勉強をしていなかったし、その分教育は甘かった。

彼女が出席していた社交の場もそれにふさわしい程度のものばかり。

王家主催の舞踏会なんて今日が初めてのはずだ。

事情を鑑《かんが》みて遠慮することなく、純粋に嬉々《きき》としていそうなのが簡単に想像できた、その時だった。

「お姉様！」

鈴のような声が響いた。

人の間を縫って駆け寄るそのままの勢いでぎゅっと抱きつかれ、手から滑《すべ》り落《お》ちたグラスはベリオンが宙で受け止める。

「走ってはダメでしょう。カトリーナ」

数ヵ月ぶりに会う義妹は、義姉の顔を見上げて嬉しそうに微笑んだ。

「だって」

けぶるような金の髪、空の青を閉じ込めた瞳、庇護欲《ひごよく》を掻《か》き立《た》てるようにたれた目尻。

ラフィーナが写真を撮って変わった姿とまったく同じ顔だ。

ミントグリーンのふわふわしたドレスに身を包んだカトリーナは、再会するなりラフィーナにしがみつくようにして顔をじっと見た。

「ともかく、久しぶりね。元気にしていた？」

「ええ。なんとか」

良くも悪くも素直な妹にしては曖昧な返事だった。

口にはできないが、思うところがあるのだろう。例えば少し前、鏡に映る自分の顔が嫁いだ義姉のものになっていた、とか。

詳しく聞こうとするより先に、カトリーナを追いかけるアダムがやってきた。

「カトリーナ、急に走ったりしてどうした……ラフィーナ？　君も来ていたのか」

「ええ。私たちも陛下よりご招待をいただきましたので」

アダムはきまり悪そうに視線を落とした。

「ラフィーナ、君は……ええと、向こうで元気に」

「アルガルド辺境伯夫人」

鋭い声がアダムの言葉を遮《さえぎ》った。ラフィーナの隣にいたベリオンだ。

「アルガルド辺境伯夫人だ。妻の名を気安く呼ばないでもらいたい」

「妻って……なんですか、あなたは」

「彼女を妻と呼べるのは夫だけだが。そう言えば分かってもらえるだろうか」

「……え？　あなたが、辺境伯閣下《かっか》？」

アダムが何度もまばたきしながらベリオンを見た。その隣でカトリーナも怪訝《けげん》そうな顔をしている。

「『バケモノ辺境伯』の？」

「カトリーナ。それは言葉が過ぎ……」

「どうしましょう、全然バケモノじゃないわ！」

咎《とが》める婚約者の声を遮って、カトリーナは言った。

「辺境伯がこんなに素敵な方だなんて知らなかったわ。だって、アルガルド辺境伯はバケモノだと皆が言うから。……でも本当はわたしが嫁ぐべきだったのよね？」

調子のいいカトリーナに嫌な予感がした。

バケモノ辺境伯との結婚を押し付けた姉の前で、その姉から奪った婚約者の前で、そしてバケモノ辺境伯ことベリオン本人の前で、一体何を考えているのか。

(わたしと結婚し直すべき、なんて言うんじゃ……)

「わたしと結婚し直すべきだわ！　お姉様がわたしのためと言って代わりにアルガルドへ行ってくださったけれど、やっぱりお姉様はアダム様と一緒にお父様の後を継がなければいけませんもの。わたし、もう大丈夫ですわ、お姉様。育てていただいたご恩をお返しします！」

アダムはカトリーナの言葉に衝撃を受けて固まっている。ラフィーナも急なめまいを覚えた。

誰か、義妹の口を塞《ふさ》いでほしい。

「……ここでは目立つ。別室へ行こう」

ベリオンの助け舟に、ぎこちなく頷《うなず》いた。

＊

休憩室にカトリーナとアダム、オーレン侯爵夫妻が並んで座っている。

各々《おのおの》の表情はまったく違うが、懐かしい並び順に苦笑いがこぼれた。

(あの時は、家族の中にいながら一人ぼっちになったみたいで、悲しかったっけ)

けれど今は隣にベリオンがいる。

視線を正面に向けたまま、テーブルに隠れた場所でベリオンと手が触れ合った。

カトリーナと結婚などしない。指先の熱がそう伝えてくるようで、ひどく安堵《あんど》した。

「辺境伯閣下。結婚式にも参列せず、ご挨拶が今になって申し訳ない」

「それはこちらにも言えること。今日お会いできてよかった」

オーレン侯爵とアルガルド辺境伯、父親と婿が初めての挨拶を交わす。

手短に済ませたあと、オーレン侯爵はうっすらにじむ額の汗を拭《ぬぐ》いながら言った。

「失礼は承知だが、まさかそのお姿でお会いできるとは思っていなかった」

「ラフィーナを妻に迎えることができたおかげだ」

「ラフィーナの？　それは一体どういう意味で？　この娘は精霊術士のなり損ない。とても閣下のお役に立てるとは……」

オーレン侯爵の言葉には無言のまま、ベリオンは懐《ふところ》からガラス写真を取り出した。

「まだ仮説の域を出ないものの、魔物から受けた呪いがこのガラス板に封じられている。これを割るとまた姿が戻ってしまう。この魔法具を作ったのがラフィーナだ」

「はぁ。このガラス板で」

にわかには信じられない様子の両親に対して、カトリーナは写真に興味を持ったようだ。

「ガラスに絵を描くなんて素敵だわ！　涼しげでいいわね。下に当てる布の色で印象も変わるのね。わたしの絵姿も描けるのかしら？」

「君の姉君が作った魔法具を使えば一瞬だ。ラフィーナはなり損ないの役立たずではないのでね」

じとりと睨《にら》まれ、両親が視線をそらす。

「ねぇ、お姉様。その魔法具をわたしも使ってみたい」

「カトリーナ、でも……」

「お姉様と一緒がいいわね、そうしましょうよ！」

カトリーナは魔法具としてのカメラの効果を信じていないのだろうか。

ガラスの写真を割っても何も起こらないと思っているのだろうか。

そうでなければ、この流れで自ら写真を撮ってほしいなどとは言わないはずだ。

（カトリーナと私の顔が入れ替わったわけではなかったの？　手紙が来たのは偶然で、本当にただ会いたかっただけなのかしら）

キャシーを呼び出し、カメラの前にカトリーナを立たせる。

レンズを見るように指示しながらラフィーナはずっとそわそわとしていた。

（それを確かめるためにここに来たのだから、写真を撮る流れでいいはずなんだけど……）

ラフィーナの顔だけが変わるならまだいい。けれどもし、二人の顔が入れ替わりでもしたら。

（ベリオンは魔物の呪いを受けて姿が変わった。私も、知らないうちに魔物の呪いを受けて姿が変わったのだとしたら？）

ラフィーナは魔物ではない。生まれ変わりのような特異な存在ではあるが、人間のはずだ。

（誰が魔物か……消去法で言うなら……）

「撮ルわヨー」

キャシーの声が、ラフィーナの耳だけに届く。

「笑っていればいいのよね？　お姉様もにこってして」

「え、ええ」

ホイ、と小気味よい声がした。

（カトリーナが）

写真が撮れた。

「わぁ、すごいわ！　見て、お父様、お母様！　アダム様も！」

振り向いた姉妹を見た両親とアダムの表情が、固まった。


休憩室ですら煌々《こうこう》とした灯りを惜しまない王宮。

よく似ているとはいえ髪や目の色、顔立ちの違いは、並んで立てば一目瞭然だ。

振り向いた姉妹の顔が入れ替わっていることにもすぐに気がついたのだろう。

父は目を見開いている。母はソファの上で気を失い、アダムは口元を押さえた。

三人の様子に首をかしげたカトリーナは、ふと窓を見た。

陽が落ちて真っ暗な今、ガラスは室内を鏡のように映している。

窓に近づき、映り込む自分の姿を見てから、手にしたガラス板——姉妹の写真に視線を移す。

一拍の後。

「いっ、いやあああ！　いやっ！　見ないで！」

手で顔を覆い、その場にうずくまった。

「やだ、どういうこと……どうして、あ、あれは気のせいじゃなかったの？　どうして、わたしの顔が！」

取り乱すカトリーナの大声をもってしても母は気を失ったまま指一本動かさない。

アダムはふらつく足どりで部屋を出ていってしまった。

父は視線をカトリーナからずらさないまま、ぽつりぽつりと言った。

「辺境伯……あなたは、魔物の……呪いで……」

「ええ」

「……ラフィーナも魔物の呪いを？」

「断言はできないが、可能性がある」

「その、魔物、とは……」

その先をベリオンは答えなかった。

（魔物は、カトリーナだったの……？）

ラフィーナは立ち尽くしたまま、呆然《ぼうぜん》と義妹を見た。

人間にしか見えないのに？　カトリーナがラフィーナに呪いをかけた？　だから顔が入れ替わった？　呪いをかけられるほど恨まれるようなことをした？

ひとつ分かった代わりに、いくつもの新しい疑問が生まれてくる。

ラフィーナも長く息を吐いて俯《うつむ》いた。その背中をベリオンが優しく撫でる。

「……ぅ、ちが、……っすん、わたし、は……っ」

カトリーナのすすり泣きだけが部屋に響く中、廊下の騒がしさに最初に気がついたのはベリオンだった。つられたラフィーナも視線を上げる。

アダムが出ていった際に開けっ放しとなっていた扉から、そのアダムが戻ってきた。

後ろから焦《あせ》った様子の衛兵が追いすがっている。

「卿！　落ち着いてください、王宮に魔物は入れません！」

顔色を失ったアダムは能面のような顔をしていた。

手には何か長いものを握っている。先ほどまではそんなもの、持っていなかった。

「どうか剣をお返しくださいアダム卿！　あなたが罰せられます！」

剣。

銀色に光る切っ先を部屋の奥、カトリーナに向けている。

バネのような踏み込みを見て——考えるより先に、身体が動いていた。

＊

カトリーナがその名を与えられる前のこと。

実の父は魔物を狩る戦《いくさ》に無理やり駆り出され、二度と帰らなかった。

実の母は仕事を得るために娘を連れて王都へ移動したが、途中で力つき倒れた。

「幸せになって」

それが最期《さいご》の言葉だった。地面に倒れ動かなくなった母の身体は少しして灰となった。

まだ幼かった娘には、なぜ母が灰に変わったのか、その意味が分からなかった。

灰の前に座り続ける娘に、二人組の男が声をかける。

「どうした、魔物に襲われたのか」

「まさか嬢ちゃんが倒した？」

「んなわけないだろ。まだ十にもなってなさそうな女のガキが」

「だよなぁ」

一人が母だった灰に片腕を突っ込む。

しばらくして出てきた手には、手のひらに収まるほどの透明な石が握られていた。

「よっしゃ！」

「おいおい、運がいいな」

「こいつを倒したやつ、どうしたんだ？　おい嬢ちゃん、何か知らないか？」

「お前はどうしてここにいる？　誰か待っているのか？」

娘は全ての質問に対して、首を横に振った。困り果てた男たちが頭を掻きながら言う。

「しかたねぇな……王都まででいいなら一緒に行くか？」

「おい、犬猫じゃないんだぞ。簡単に拾うな」

「残していっても寝覚め悪いだろ。で、どうする？」

娘は、今度は首を縦に振った。

王都は母と目指していたところだ。そこに行けばいい。

「よし。じゃあついてこい」

男たちの馬に揺られ、何度か夜と朝を迎えたら、王都に着くことができた。

「これからどうするんだ？」と男に聞かれたので、母から取り出した石を返すように言った。

すると大きな声で怒鳴られ、怖くなって走って逃げ出した。

初めて来た王都で、雪の降る中、あてもなくさまよい歩いた。

そうしているうちにオーレン侯爵家の庭に迷い込み、数日後には養子として迎え入れられることになった。

新しい両親だけでなく、姉までできた。

もう着るものも、食べるものも、住むところも、何も心配しなくていい。

けれどなぜか、ずっと何かが足りない気がしている。

胸に開いた穴が塞がらない感覚――これは社交に出るようになり男と過ごせば、その間だけは満たされた気がした。

「カトリーナ！」

義姉の声が聞こえた。重かった身体がほんの少し軽くなる。

（お姉様……わたし、お姉様みたいになりたかっただけなの……）

広くて温かい家、肌触りのいいドレス、優しい両親に婚約者。

カトリーナは何ひとつ持っていないのに、ラフィーナは全てを持っている。

カトリーナにとってラフィーナは幸せの象徴だった。

だから、ラフィーナになれば幸せになれると思った。

愛されるその見た目をもらい、愛されるその名を口にすれば、誰もが嬉しそうに寄ってきた。

両親をもらい、婚約者をもらい、居場所をもらい、カトリーナはラフィーナに成り代わった。

でも、嫁いだ義姉は実家にいた頃よりもっと幸せそうに見えた。

だからその場所も、もらいたかった。

実の母に言われた通り、幸せになるために。

「カトリーナ、目を開けて、カトリーナ！」

先ほどのバケモノ辺境伯と養父の会話。

バケモノ辺境伯は魔物の呪いで姿を変えたが、ガラス板に呪いを封じることで元の姿に戻ることができたのだという。

姉妹も姿を変えた。

姉妹で交換したかのように顔が入れ替わった。

つまり、呪いがガラス板に封じ込められたのだ。

もうカトリーナ自身にも分かっていた。

幸せになりたい、義姉になりたいと願えば願うほど少しずつ変わっていった自分の顔。

ガラス板に封じられたのは魔物の呪い。

灰となり、魔核を残して消えた母。

その娘である自分。

人ではない。

魔物だ。

＊

気がついた時にはラフィーナの二の腕から血が流れていた。

カトリーナを斬りつけようとするアダムの剣の前に、両腕を広げて立ちはだかったからだ。

追いかけてきたベリオンに腕を引かれなければ――そしてカトリーナに突き飛ばされなければ、この程度の軽傷では済まなかっただろう。

「カトリーナ！」

足元には血を流して倒れる義妹がいる。

すがりつくように膝をついたラフィーナをベリオンの手が追いかけた。

「動くなラフィーナ、今傷口を押さえるから」

カトリーナは肩から胸、腰にかけて、ミントグリーンだったドレスが真っ赤に染まっていた。

あふれる血は止まらず床に流れて広がっていく。

「カトリーナ、目を開けて、カトリーナ！」

「……………」

「どうして私を庇《かば》ったのよ……！　カトリーナ！」

「っ、う」

何度目かの呼びかけでカトリーナは目を開けた。

同時に、衛兵に剣を奪われ取り押さえられたアダムが一心不乱に叫ぶ。

「カトリーナは、あいつは魔物だったんだ！　俺は魔物と結婚させられそうになっていたんだ！　どいつもこいつも俺を利用して……それだけじゃない！　俺は魔物と、俺に……なんてことを！　放せ！　とどめを刺すッ！」

「……ア……アダム、さま……」

「魔物の分際で俺の名を呼ぶな！　汚らわしい！」

悲しげに揺れたカトリーナの視線が、両親に向けられる。

「おと……さま……お母さ、ま……？」

「まっ、魔物を育てていたなんて知らなかったんだ！　あんなのは娘でも何でもない！」

父は後ずさり、壁に背がぶつかると、そのまま腰を抜かしたように座り込んでしまった。

母は一度目を覚ましたようだが、血まみれの姉妹を見てまた気を失った。

カトリーナが静かに涙を流す。

即死していても不思議ではないほどの傷を負いながらラフィーナに向かって手を伸ばせるのは、彼女が魔物だからなのだろうか。

「カトリーナ、しっかりして……目、閉じたらダメよ……」

けれど、きっともう、助からない。

そこに浮かぶのは死相だ。病《やまい》に倒れたかつての母のような。

「おね、さま。ごめんなさい……お、と……毒……」

「王都の、毒花？」

冷え切った手を両手に包むと、カトリーナは頷いた。

「……わたし、さっき、思い出した。わたしの本当の、お母さんが、魔物だったの。だから……わたしも、魔物なの」

「そう、なの……」

「お母さん、精気を、吸うって、時々……何のことか、分からなかったけど、ようやく……」

精気を吸う魔物とは、いわゆる夢魔のようなものだろうか。

精気を吸うために男と会い、『王都の毒花』となったのだろうか。

知りたいことはたくさんあるのに、どんどん冷たくなるカトリーナの体温に気を取られて頭が回らない。

「もう喋《しゃべ》らないで。お願い」

「わたし、お姉様になりたかった」

「血が止まらないのよ、やめて……」

「初めて会った時、お姉様はすごく幸せそうで……お姉様になれば幸せになれるって、思って……」

だからラフィーナの名を使ったのだと、かすれた声が言う。

名前など黙っていてもよかった。架空の名前でもよかった。

それでも義姉の名を使ったのは、義姉になりたかったからなのだと。

「お母さん、最期に言ったの。幸せになって、って」

「……!」

「でもわたしじゃ、お姉様にはなれない、よね……バカだし、本当の妹どころか……そもそも人間でも、なかったんだもん」

義妹は苦笑いを浮かべると、疲れたように大きく息を吐いた。

「……カトリーナ。あなたが私の名前を勝手に使ったり、妻や婚約者のいる人と関係を持ったりしたのは、いけないことだったわね」

「……うん」

「元気になったらお説教だわ。きちんと反省してもらわないと。たっぷり絞ってあげるから覚悟してね」

握った手に力が込められた。

「迷惑をかけた方々には謝りましょうね。私も一緒に行ってあげる」

「……うん」

「だって、私はあなたの姉だもの。これからもずっと、カトリーナは私のたった一人の妹。魔物でも人間でも関係ない」

「……う、ん……」

「あなたが私の妹になってくれた時、本当に嬉しかった……大好きよ、カトリーナ」

見開かれた目に厚い涙の膜が張った。

まばたきのたびに雫《しずく》が頬を流れ、唇がわなわなと震え出す。

「ごめ……ごめんなさい、ごめんなさい、お姉様、迷惑かけて、本当にごめんなさい……！」

血が付くのも構わずに号泣する義妹を抱きしめた。

「だいすき、わたしもお姉様が大好き。本当に、だいすき」

それから少しして、カトリーナはラフィーナの腕の中で灰となって消えた。

崩れた灰の中から透明な石が現れた。

部屋の照明を受けて虹色に反射する美しい魔核だった。

「ま、魔核……！」

背後から父の声が聞こえる。

ラフィーナは濡《ぬ》れた顔を拭い、魔核を両手に持って立ち上がった。

「おお！　なかなかの大きさではないか！　今日まで育ててやったんだ、最期くらい恩返しをしてもらわないとな。さぁラフィーナ。その魔核をこちらに渡しなさい」

壁を頼りに立ち上がりながら父はラフィーナに手を差し出す。

そんな父に向かって、ラフィーナはきっぱりと言った。

「お断りします」

「なっ！」

こんな人間が今世《こんせ》の父親だったのかと冷めた目で男を見る。

どうやら父親というものには恵まれない定めらしい。

「なんだ、その反抗的な目つきは。娘が父親に逆らうつもりか！」

「カトリーナがあなたの娘でもなんでもないなら、その姉である私もあなたの娘ではありませんので、逆らっても問題ないはずですが」

先ほどの父の——男の言葉で返す。

「屁理屈《へりくつ》を……！」

男は歯ぎしりをしながらこちらにやってきた。

右手を大きく振りかぶる。顔に濃い影が掛かったが、その手が振り下ろされることはなかった。

「私の妻に手を出せると思うな」

音がするほど強く腕を摑《つか》んだベリオンは、いつの間に写真を割ったのか角付きの姿となっている。

「ひっ！　ひいいいっ！」

男はまた腰を抜かしたらしい。くっきり跡の残る腕を抱え込んでうずくまってしまった。

ラフィーナは父だった男に向かって言った。

「カトリーナに……魔物に騙《だま》されていたなんて言い訳でしょう」

震えている男の耳に、この声は届いているだろうか。

「あなたたちは自分のことしか考えていない。孤児を養子として引き取ったのも、『王都の毒花』の噂を信じて私を辺境へ追いやるように嫁がせたのも、十年近く育てたカトリーナを簡単に切り捨てたのも、全て名誉……いいえ、はりぼての見栄《みえ》を張り、守るため」

両親やアダムは、カトリーナを魔物だと信じてしまった。

ベリオンから聞いたカメラと写真の話を信じたこと。取り乱すカトリーナの様子が真実を物語っているように見えたこと。

それが理由なのだろうが、呪いを封じて姿を元に戻す魔法ではなく姿を入れ替える魔法だとか、ラフィーナの方が魔物だとは思わなかったのだろうか。

呪いだとか、カトリーナが魔物だとか、すぐに信じる方がどうかしている。

カトリーナが本当に魔物だったのはあくまで結果論だ。

「娘は見栄を張るためだけの道具だったから私たちの顔が入れ替わったことに気づかず、信じるどころか……そもそも、親としての愛情すらお持ちではなかったのでしょうね」

新しい両親から空っぽの愛情を受けていたから、義妹の寂しい心は埋まることがなかった。

埋まらないものを埋めようとして、「姉のようになりたい」ではなく「姉になりたい」と間違えた道を進んでしまった。

「私も状況を嘆くばかりで、至らない姉でした。でも私だけはこれからも、カトリーナの家族であり続けます」

■7　バケモノと毒花の結婚

王都での騒動から数ヵ月後。

アダムは婚約者カトリーナを殺した罪に問われ、現在は牢《ろう》に入れられている。

『あの女は人間じゃない、魔物だった！　称賛されこそすれ殺人罪に問われるはずがない！　侯爵に聞いてもらえばすぐに分かるはずだろう！』などとうわごとばかり口にするので、心神の喪失が疑われているそうだ。

実はあの騒ぎの時、ベリオンが衛兵を手伝って、騒ぎ立てるアダムを部屋から締め出していた。

だからアダムも衛兵もカトリーナが灰になるところを見ていない。

しかしアダムに剣を奪われた衛兵は彼がカトリーナを斬りつける瞬間を見ていた。

それを逆手に取ったオーレン侯爵は、アダムの言葉を全面的に否定していた。

虚構の名誉を重んじる男だ。養子が魔物だったことなど口にするはずがない。

気を失っていたオーレン侯爵夫人もアダムと一緒に部屋から出されている。

カトリーナが死んだことだけ、後になって聞かされていた。

義姉ラフィーナ、その夫ベリオンを含めて、アダムを擁護する者は誰もいないが、オーレン侯爵も無傷ではなかった。

実子のラフィーナは他家に嫁《とつ》ぎ、養子のカトリーナは死亡。

跡継ぎがいなくなったことを理由にラフィーナとベリオンの離婚を願い出たが、そもそもが王命による結婚だったので、にべもなく却下された。

新しく養子を取ろうとしても誰もが拒否して話がまとまらない。

身内でひどい醜聞があったばかりの家に行きたい人間はいなかった。

一度だけ、遠縁のほとんど平民と変わらない男児を養子に迎え入れようとしたものの、これもまた王宮により却下されていた。

実子のラフィーナを外に出した時点で、オーレン侯爵には次代へ爵位を継承していく意思がないものとみなされていたのである。

侯爵は酒に溺れ、議会は全て欠席。夫人は部屋に閉じこもって出てこない。

夫婦どちらも国王からの召集命令にすら応じなかったため、オーレン侯爵位は奪爵《だっしゃく》されることとなった。

＊

柔《やわ》らかな風とともに、一人の男が執務室へ入ってきた。

「ラフィーナ、少しいいか？」

レモンの新メニュー開発書類に書き込みを加えていたラフィーナは、ベリオンの声に顔を上げた。

「はい。何でしょう」

「見てほしいものがある」

休憩用のテーブルに移動するなり、一冊の本が目の前に置かれる。

「これは？」

ずいぶん古いもののように見える。文字も達筆な筆記体で、一見しただけでは何が書いてあるのか分からない。首をかしげるラフィーナにベリオンが言った。

「君の妹のことなんだが……」

「………」

腕の中で消えていった妹。

大好きだと、これからもずっと姉妹だと言った気持ちに嘘《うそ》はない。

だからラフィーナは、あの日からずっと後悔している。

写真を撮らなければよかった。舞踏会を欠席すればよかった。

そもそもカメラなんて作らなければよかったと、元に戻った顔を鏡に映すたびに思う。

ラフィーナはあの事件以来元の顔に戻っていた。

つまり、数ヵ月前までカトリーナのものだった顔に。

元々似ていたせいか城の使用人たちにはすでに馴染《なじ》んでいるようだが、ラフィーナだけはまだ違和感が拭《ぬぐ》えない。

ベリオンの姿が変わったのは、砂漠の主《ぬし》が死の間際《まぎわ》に彼を呪ったから。

ならばラフィーナの顔が変わったのも、魔物であるカトリーナに呪われていたからだ。

最期《さいご》にわだかまりが解けたから元の顔に戻ったのだろうが、呪われていたという事実は消えない。

カップの水面に映る顔からラフィーナは目を背《そむ》けた。

「カトリーナ嬢が魔物であったことは間違いない。しかし人と同じ姿の魔物なんて聞いたことがないから、調べていたんだ」

ベリオンは紅茶を少し飲んでから、長い脚を組み、話を続けた。

「人型の魔物は珍しいが、いるにはいる。ただそういうのは、人型とは言っても明らかに人ではないと分かる。角付きの私に近い感じだろうな」

けれどカトリーナが魔物だなんて、死んで灰になるまで夢にも思わなかった。

「それで見つけたのがこの文献だ。種としての名はなく、個体名がフランツィスカ・トリンソン。

人と見分けのつかない唯一の魔物として大昔の記録があった」

「普通の女性の名前みたいですね」

「実際、人間社会で暮らしていたみたいだな。相手の理想とする人物の姿を奪うことができるらしくて、相手と……うん。そうやっていつも人の姿をしていたから、死んで灰になるまで人と見分けがつかなかったらしい」

「……相手と、うん。なるほど……」

本物の『王都の毒花』であったカトリーナは「精気を吸う」と言っていた。

やはり地球で言うところの夢魔に近い魔物なのかもしれない。

「でも、どうしてカトリーナは私の顔に？　相手の男性が理想とする女性じゃないと意味ないんじゃないですか？　やっぱり知らないうちにカトリーナに何かしてしまっていたのかも」

「いや、君が誰かの理想だったんだろう」

「私が誰かの理想？」

「カトリーナ嬢にとって意味のある人物……両親か、君の元婚約者か、ほかの誰かは分からないが」

言って、口をへの字に曲げる。

どことなく不機嫌そうな顔を見せるベリオンに、ラフィーナは思わずクスリと笑ってしまった。

「そんな人いるかしら」

「少なくとも、目の前に一人」

「……！」

一拍おいて意味を理解した瞬間、火が出るかと思うほど顔に熱が集まった。

ベリオンが咳払《せきばら》いをする。

「ともかく、呪ったんじゃないと思う、ということを伝えたかったんだ。魔物だって呪いたいほど憎い相手の顔がほしいとは考えないだろう」

「言われてみれば、そうかもしれない……？」

「それに、カトリーナ嬢が亡くなったのも早計なあの男が斬ったからだ。君のせいではない」

「……はい」

ラフィーナは立ち上がり、テーブルを挟んだ向かいのソファに腰掛けていたベリオンの隣に座り直した。

太ももがくっつくほど密着し、ほんの少しだけ、横に体重をかける。

驚いたように一瞬身を引いたベリオンだったが、すぐにラフィーナの身体《からだ》を受け止めた。

「ラ、ラフィーナ？」

城の人手不足が徐々に解消されているとはいえ忙しいベリオンが、どこにあったのかも分からない古い文献を探し出し、ラフィーナの苦悩を取り除こうとしてくれた。そのことが嬉《うれ》しかった。

「となると、カメラは呪いを封じるものではなく本当の姿に戻すもの、といったところでしょうか」

「私とラフィーナくらいしか被験者がいないから、まだよく分からないな」

「取り扱いには注意が必要かもしれないですね。でも私、ベリオンとササミが一緒にお昼寝してるところが撮りたいです」

「何だそれ」

カメラを作るきっかけとなった出来事だが、ベリオンは覚えていないらしい。

「全然覚えてないんですか？　私にあんなことしたのに？」

「ま、待て。あんなことって何だ」

「とても私の口からは」

手のひらにキスされただけなのにけっこう恥ずかしかった。

真《ま》っ赤《か》になったラフィーナに、ベリオンが慌てて言い募る。

「だからいつぞや、妙に避けられていたのか……？　頼む、私が何をしでかしたのか教えてくれ」

「無理ですよ」

「ラフィーナ、謝るから」

「謝られるのも嫌じゃないですか」

ラフィーナはひょいと立ち上がり、執務机に戻った。

「ラフィーナ」

「そろそろ仕事に戻らないと。新しい販路の件と、レモン以外の柑橘類《かんきつるい》についても相談したかったんです」

「悪いが今は仕事の話より夫婦の話を優先してくれ……！」

穏やかな午後が過ぎる。

執務室に入りづらいとビクターからの苦情を受けながらも仕事をこなし、静かな夜を迎えたラフィーナだったが、人生初にして最大の悩みが生まれたのだった。

＊

（どうして……）

広いベッドには寝起きのラフィーナが一人。

夜着やシーツに乱れがないのは、寝相のいいラフィーナが一人で眠っていたから。

（どうして一緒に寝てくれないの……⁉）

主寝室に降《ふ》り注《そそ》ぐ爽《さわ》やかな朝の日差しとは真逆の悩みである。

夫婦となってから季節が一巡しようとしている。

けれど同じベッドで眠ったのは、王都のホテルに泊まったあの夜だけだ。

翌日以降もしばらく王都に滞在していたが別室になっていたし、正直それどころではなかった。

（離婚とか考えてたバチが当たっているのかしら）

ベリオンはラフィーナと恋人になりたいと言った。いつからかは分からないが、もうとっくにラフィーナもベリオンに恋をしている。だから意を決して夜の主寝室を訪れたのだ。

角のせいで横になって眠れなかったベリオンは自分の部屋にベッドを置いていない。人の姿に戻ってからは主寝室のベッドで休んでいると思っていたのに、いざ入ってみるとそこはもぬけの殻《から》。

待てど暮らせど夫は来ない。睡魔に耐えきれず眠ってしまったが、夜中に隣で寝ていた様子もなかった。

（昨日、勇気を出してボディタッチというものをしてみたのに……そのあと仕事に戻っちゃったから……いや、やっぱり前と顔が違うからダメだった……？）

しょんぼりと起床して、身支度《みじたく》を整《ととの》える。

化粧をする時、少しアイラインを跳ね上げ気味に描いた。少しは前の顔に近づいただろうか。

「奥様。今日の装《よそお》いはお気に召しませんでしたか？」

「あっ、いえ。今日もかわいくしてくれてありがとうございます」

無意識のうちにため息を連発していたらしい。

鏡越しのイスティが心配そうに眉尻を下げているのを見て、また無意識に息を吐いた。

（そろそろ奥様と呼ばれるのも忍びない）

妻としての役割を果たしていないのだからただの同僚だ。

この関係こそ以前のラフィーナが望んでいたものだったのに、自分の都合の良さにため息が止まらない。

「さあ、今日は新しいドレスの仮縫いですわ。朝食は軽めにご用意しております。参りましょう！」

次の収穫祭は人の姿に戻ったベリオンを領民が直接目にする最初の公的な機会になる。

そういうわけで、夫婦揃《そろ》って新しい衣装で出ることに決めていた。

「そのドレスも似合ってる。当日が楽しみだな」

お互い仮縫いされた状態で顔を合わせたベリオンは当然のようにラフィーナを褒《ほ》めた。

（寝室には来なかったくせに）

まさか、まだあの一人がけソファで寝ているのだろうか。

じっと睨《にら》むようなラフィーナの視線を正面から受け止めたベリオンは、何を考えているのか、目を細めて微笑《ほほえ》んだ。健康そうな肌色に寝不足は見られない。


それから数日間、ラフィーナは悶々《もんもん》とした夜を過ごした。

寝る前のゲームに誘っても「また今度にしよう」と断られる。

もう夜這《よば》いするしかないと決死の覚悟でベリオンの部屋に向かってみれば、そこには誰もいない。

ベリオンは夜、ラフィーナの知らないどこかで寝ているのだ。

ほかに夜をともにするような相手がいるのだろうか。

（……ベリオンに限ってそんなことは……）

想像はできないが、絶対にないとも言いきれない。

今日もラフィーナは主寝室の広いベッドに一人で横たわった。

（恋愛経験がなさすぎて、どうしたらいいかさっぱり分からない）

恥を忍んでイスティやアルマに相談してみようとも思ったのだが、忙しそうだったので諦めた。

ベリオンが人型に戻ってから城で働く人間が増えて、ようやくやりたいことができるようになってきたところだ。

城全体にエンジンがかかっている状態なので、実のところ忙しさはあまり変わっていない。

（無理しすぎる前に勤務体制や業務量の見直し、労基法的なものの制定が必要かしら。あとはなにか……便利な道具で私に作れそうなものは……）

そんなことを考えているうちに、ラフィーナの意識は深いところに落ちていった。

＊

広い原っぱに座っていた。

周りには色とりどりの花が咲き乱れ、空は虹色だ。

不思議な景色を座って眺《なが》めていると、どこからか女の子が二人やってきた。

子猫がじゃれ合うようにして遊んでいたかと思えば、花で冠《かんむり》を作ったりと、楽しそうにしている。

しばらくすると二人は誰かに呼ばれたかのように動きを止めて、向こう側を見た。

ミーアキャットを思わせる動きに笑ってしまう。すると、二人はぱっとこちらを振り向いた。

二人がこちらにやってきて、共同で作っていた花冠を差し出してきた。

頭を下げて、冠を載せてもらう。

お礼を言うと、二人は顔を見合わせて嬉しそうに笑った。

バイバイと手を振り、背を向け、手を繋《つな》いで向こう側に走る。

短い足であんなに走って危なっかしい。目を離せずにいると案の定、片方が転んだ。

引っ張られて二人とも転んでいるが、柔らかい草の上なのでたぶん大丈夫だろう。

巻き込まれた姉が先に立ち上がり、手を差し出す。

妹は姉の手を見て少しためらっていたが、促《うなが》されてその手を取った。

いつの間にか、二人はすっかり年頃の女の子の姿になっていた。

今度はゆったりとした足どりで歩いていたが、途中で止まり、名残惜《なごりお》しそうに繋いだ手を離した。

呼ばれた方へと歩いていくのはカトリーナだけ。

ラフィーナはずっと、向こう側へ行く妹の後ろ姿を見送っていた。

＊

「ラフィーナ」

「……っ！」

急激に意識が浮上した。呼吸と同時に、次から次へと涙が溢《あふ》れていく。

気づいた時にはしゃくり上げるほど泣きながら、目の前の広い胸板にしがみついていた。

「どうしたんだ？」

「カトリーナ、が、向こう側にっ、ひっ、ううっ」

「夢を見たのか」

「向こう側に歩いていって……見送らなきゃいけなくて……」

「もう心配するなと言いに来たんだろう」

ベリオンの言葉にラフィーナはこくりと頷《うなず》いた。

妹が向かった先はきれいなところだった。きっともう寂しい思いをすることはないだろう。

洟《はな》をするラフィーナの背中をベリオンの大きな手が優しく撫《な》でる。

しばらくして身体を離すと、月の光を受けるベリオンの輪郭《りんかく》が見えた。

真っ赤な髪がさらりと流れて、深緑の彩光がまたたく。

まだ夢を見ているのかと思うほど神秘的だ。

ぼんやり眺めていると、盛大に泣いたあとの顔をさらしていることに気がついた。

手遅れと知りながら毛布に潜り込む。するとなぜかベリオンが焦《あせ》ったような声を出した。

「す、すまない。泣いてるようだったからどうしても気になっただけで……いや、毎日覗《のぞ》いていたわけではない、たまたまだ。誓って何もしてない」

「……毎日覗いてたんですか？」

「……まぁ」

「……覗いていただけ？」

「……時々、髪を……」

毎日覗いて、時々髪に触れていたらしい。

羞恥と安堵《あんど》で胸がいっぱいになった。止まったばかりの涙がまた滲《にじ》んでくる。

「浮気されてるのかと思ってた」

「は⁉　なんでそんなことを」

毛布を剝《は》ぎ取《と》られる。さっと顔を両手で覆い隠した。

「だって、ここに来ないのに、部屋にもいないし」

「夜は客間で休んでいたんだ。浮気なんてするわけないだろ……」

「なんでそんなことを」

同じ言葉を返すと、ベリオンは咳払いをひとつして言った。

「ラフィーナ。せっかくだから、少し外を歩かないか？」

夜の散歩の誘いだ。ラフィーナは少し悩んでから頷いた。すぐにもう一眠りできる気分ではない。

王国最南のアルガルドも夜は冷える。薄手のショールを羽織り、ベリオンとともに外に出た。

夜の庭は月明かりに照らされていた。

灯《あか》りがなくてもよく見渡せるほどの庭を二人並んで歩く。

なんとなく奥へと進んでいくうちに、いつの間にかエスコートの腕はほどかれ、手を繫いでいた。

ベリオンは何も言わない。ラフィーナも手を振りほどくことはしなかった。

ガゼボの前まで歩いた頃にベリオンは言った。

「私は浮気なんてしていない」

「はい」

「これからもしない。絶対に」

「はい。疑ってごめんなさい」

ベンチにラフィーナを座らせる。

ベリオンはその前に跪《ひざまず》き、端整な顔に緊張を浮かべながら言った。

「私には君だけなんだ。これからも夫婦として、できれば恋人としても、私とともにこの地で生きてほしいと思っている」

ラフィーナはゆっくりとまばたきをした。

収穫祭の夜に、二人でゆっくり考えようと言われたこと。

曖昧に頷いただけで保留にしていたけれど――もうとっくに、答えは出ている。

「……いつか終わってしまうかもしれないのに、って言ったの、覚えてますか？」

「あぁ」

「今の人格が何なのか、私が誰なのか、自信がなかったんです。生まれ変わりじゃなくて、まったくの他人であるラフィーナの身体と人生を奪っているだけじゃないかって。ラフィーナの魂はずっとどこかで、身体を返してって言ってるのかもしれないと思っていて」

ベリオンは静かに頷いた。

「前の私は……ベリオンとの結婚を怖がっていました」

「それは、しかたない」

「本当のラフィーナが戻ってきた時、ベリオンを拒絶して傷つけてしまうんじゃないかと思うと怖かった。でも……」

今ではもう、そうはならないだろう、という気持ちの方が強い。

「私、なぜかラフィーナの直前までの記憶も感情もあったんです。両親やアダム様に対して失望した気持ちも、なんだかんだカトリーナがかわいくて嫌いになれない気持ちも、ずっと私の中にありました。あの感情は間違いなく私自身のものだったと思います」

夢で見た幼い姉妹。

最初は第三者として見ていたと思ったが、いつの間にかラフィーナはラフィーナとして、カトリーナを見送っていた。

お互いの記憶も感情も、最初からラフィーナのもの。

答えは憑依《ひょうい》ではなく、きっと転生だ。


「だから私ももう、あなたを好きだと言ってもいいのかなって……」

「ラフィーナ、それは」

「……私も、ベリオンの恋人になりたいです」

「……っ」


感極まったようなベリオンに強く抱きしめられる。

ラフィーナもその背に手を回しながら、震えるほどの喜びに感じ入った。

幸せになることは簡単ではない。受け入れる怖さもある。

カトリーナも自分自身のままでは幸せになれないと思ったから、ラフィーナになろうとしたのだろう。

次の生を歩むカトリーナの幸せを心の底から祈った。

そして、温かな体温と少し速い鼓動に、その身を委《ゆだ》ねた。

＊

そこからは怒濤《どとう》の展開だった。

ようやく心が結ばれた――と思ったのに、部屋に戻ったラフィーナはまた一人で寝た。

結局ベリオンが客室で休む理由も分からないままに朝を迎えることとなる。

解《げ》せぬ顔で起床し、尋常ではないほど張り切った様子のイスティに身支度を施される。

そのうちに何かがおかしいと気づき始めた。

着替えが普段着ではなく、明らかに気合の入ったドレスなのだ。

引きずるほど長い裾《すそ》に、光り輝く宝石、ふんだんに折り重なるのは精巧を極めたレース。

どう見ても花嫁《はなよめ》衣装なそれを着せられて向かった先は聖堂だった。

正装に身を包んだベリオンにうっとりと見つめられる。

「ラフィーナ、きれいだ。ドレスもよく似合っている」

「あの、ベリオン、これは？」

「私たちの結婚式だ。今日を待っていた。もう一度、ここから始めよう」

今日、と言われてはたと気がついた。

ベリオンとラフィーナが結婚してから今日でちょうど一年だ。

いわゆる結婚一周年にあたる今日、二度目の結婚式をしようと言われている。

「いつのまに、こんな……」

せっかく泣き止《なや》んでまともになった顔がまた崩れそうになる。

聞けば、今年の収穫祭用のドレスの採寸や仮縫いの陰で、今日のための婚礼衣装も同時に作っていたらしい。

イスティを始めとした皆が忙しそうに見えたのは結婚式の準備もあったから。

知らずにいたのはラフィーナだけだ。ベリオンが頬を撫でた。


「もう一度、私と結婚してくれるか？」

「……もちろんですっ！」


一度目の結婚式は散々だった。

馬車酔いに加え、長旅と心労で痩せた身体。

大急ぎで用意して持ってきた既製品の衣装が合わずに、布を詰めたり紐《ひも》で縛ったりと、まるで突貫工事のような有様《ありさま》。

しかも前世の記憶を思い出した当日のことで、今日以上に何もかもが急だった。

あれから一年後の日にまとうのは身体にぴったりの美しいドレス。

最低限の見届人しかいなかった聖堂には今、アルガルドの人々であふれている。

ビクターやイスティ、アルマを始めとしたラフィーナと親しい使用人。研究熱心な有識者たち。

青空学級の生徒やその保護者、レモン関係者のほか、数えきれないほどの精霊たちが天井《てんじょう》近くにまで漂っていた。

神官が言った。

「ベリオン・アルガルド。あなたはこれからもラフィーナ・アルガルドを妻とし、共に歩み、命ある限り愛することを誓いますか?」

「神聖なる契約と神の元に誓う」

あの日と同じ返事。しかしまったく違う気持ちが込められていると分かる。

「よろしい。では、ラフィーナ・アルガルド。あなたはこれからもベリオン・アルガルドを夫とし、共に歩み、命ある限り愛することを誓いますか?」

「神聖なる契約と神の元に誓います」

この言葉に込めたラフィーナの気持ちも、ベリオンに伝わるよう願った。


「女神デルフィーヌの御前《ごぜん》で、誓いを」


ゆっくりと顔を近づけたベリオンが、耳元に口を寄せて言った。

「次に君と同じベッドで眠るならこの日だと思っていたんだ。我慢できなくなりそうで」

「えっ」

「かえって不安にさせていたようで悪かった。今夜は待っていてくれ」

「まっ」

唐突な告白に口をはくはくしているうちに、くすりと笑ったベリオンに唇を塞《ふさ》がれる。

出会って一年。この日ようやく、二人は初めてのキスを交わした。

＊

国の最南端、砂漠との境目。

砂漠より現れる魔物から人を守る白亜の城と青い空の下に、色とりどりの花びらが舞った。

かつて『バケモノ辺境伯』と『王都の毒花』と呼ばれた二人——人の姿に戻った領主と、アルガルドに新しい文化と富をもたらそうとする妻の姿をひと目見ようと、夫婦の乗った馬車が走る大通りは賑《にぎ》わっている。

そんな喧騒《けんそう》の届く城の一室では、大切に置かれた透明な魔核が七色の光彩を放っていた。

■書き下ろし　アルガルド辺境伯一家

「ラフィーナ」

ある日の昼下がり、ベリオンは見つけた妻の後ろ姿に向かって声をかけた。

くるりと振り向いたラフィーナがパチパチとまばたきを繰り返しながらベリオンを見る。

「昼寝していたのか？」

「はい、ちょっとだけ」

ここのところ妻は仕事が忙しいようだ。

朝起きるのが辛《つら》そうで、昼時の休憩には時々仮眠を取っている。

無理はしないようにと再三伝えているのだが、城にいるとどうしても仕事をしてしまうらしい。

加えて今年の収穫祭ももう間もなく。それに伴う準備は大詰めだ。

仕事をしたくなる気持ちが分からないわけではないので、ベリオンはラフィーナを物理的に仕事から引《ひ》き剝《は》がすことにした。

「今年も収穫祭の挨拶が終わったら二人で出かけよう」

「でもベリオン、去年より忙しそうじゃないですか？」

「休めないほどではない」

とはいえ、確かにベリオンもある意味多忙だった。

それは仕事のせいと言うよりも、ここ数ヵ月の間に増えた、とあるもの——縁談のせいだ。

愛する妻がいるにもかかわらず、ベリオンが人の姿に戻れるようになったことが知られて以来、愛人だの妾《めかけ》だのと言い出す輩《やから》が現れたのだ。

もちろん全て断っているのだが、釣書《つりがき》や添えられた手紙には目を通している。

馬鹿馬鹿しい申し出をしてくる人間の名を覚えて、後日礼をするなり何なり考えなければいけないからだ。

一件の手間はそれほどでもないが、数が増えれば負担も増える。まったくもって迷惑な話だ。

そんなことを考えているベリオンだったが、続くラフィーナの言葉には毒気を抜かれた。

「隠し通路の点検はほかの人にお願いしてもいい気がしますよ？」

「……去年のそれは、君を誘い出すための口実だったのだが」

「……。……はっ！」

ラフィーナは数秒の後に顔を真っ赤《まか》に染めた。

今に至るまでそうと気づかれていなかったことも、後になって自分から暴露する羽目になったのも恥ずかしくて、ベリオンの頬もわずかに熱を持つ。

「これからは毎年、君とあの場所に行けることを楽しみにしていたんだ。君は私と二人で行くのが嫌か？」

「まさか！」

「じゃあ、約束だ。その時は仕事のことを忘れること。いいな」

「約束です。ベリオンもですからね」

る。


「分かった」

そういうわけで、今年も無事に収穫祭の日を迎えることができた。

今日のために用意していた新しい衣装に夫婦揃《そろ》って身を包み、舞台の上で収穫祭の開催を宣言する。

広場は去年とは比べ物にならないほどの人であふれ、派手な音を響かせる万雷に負けないざわめきと熱気に包まれていた。この眺《なが》めに何年も前の光景が重なる。

(子供の頃の収穫祭も、確かこんな様子だったな)

まだ父が生きていた頃。砂漠の主《ぬし》が姿を現すようになる前。

収穫祭は領民にとって一年の楽しみで、かけがえのないものだったのだ。

ベリオンの成長とともに砂漠の主の被害は拡大した。

収穫祭は年々規模の縮小を強《し》いられ、ようやく再開した去年は人の姿がまばらだった。

こんなにもたくさんの人で広場が埋め尽くされる光景などもう忘れたと思っていたのに、こうして目《ま》の当《あ》たりにしてみれば昨日のことのようにも思い出せる。

「知ってましたか？　ベリオン」

「何だ？」

止《や》まない歓声の中、妻が耳元で内緒話のようにささやいた。

「去年も物陰に隠れていただけで、たくさん人がいたんですよ。本当はみんな、あなたに会いたかったんだと思います」

ラフィーナは色とりどりの紙吹雪とともに舞う髪を押さえて微笑《ほほえ》んでいる。

「ラフィーナ……」

こらえきれない感情に身を預け、抱き寄せた妻の額にキスをした。

ぴたりとざわめきが消える。一瞬の静寂の後に訪れたのは、割れそうなほどの歓呼と拍手と囃《はや》し立《た》てるような指笛の音、そして、妻の声にならない悲鳴だった。

「どうした？　初対面の時は平然としていたのに」

「なっ、こっ、人前っ！」

「結婚式も人前だっただろ」

笑うベリオンに対してラフィーナが途切れ途切れに文句を言うので、抗議の止まない唇は自らのそれで塞《ふさ》いだ。

かわいそうなほど顔を真っ赤に染めた妻を外套《がいとう》の内側に隠す。

「さぁ、行こう。今日の仕事は終わりだ」

止まない歓声を背に、二人で城に戻った。

去年と同じ平服に着替える。

同じく着替えたラフィーナとともに隠し通路の出入り口である地下倉庫に向かい、民家から城下町へと出た。

広場だけでなく通りも去年以上の賑《にぎ》わいを見せている。

はぐれないよう手を繋《つな》ぎ、人を避《よ》けながら歩いていると、ラフィーナがベリオンを見上げた。

「ベリオンは何が食べたいですか？」

「肉かな。ラフィーナは？」

「喉が渇いたので、まずはよく冷えた炭酸を飲みたい気分です」

炭酸ならアルガルドのそこかしこから湧き出ている。

風味や甘味を付けたり、酒を割るために冷やされたものが多くの屋台で供されていることだろう。

肉と炭酸を求めて大通りを目指す。しかし、すぐに二人は足止めを食らうこととなった。

「あの、腸詰めなんですけど、ぜひ食べてください」

「うちの揚げ芋も！　冷めても美味《おい》しいこだわり製法なので！」

「肉焼いたから食いな！」

「パンも必要ですよね？　どうぞ、どうぞ」

「うちの酒、今年はよくできたんだ。うんと冷えてるから飲んでおくれよ」

「ハム！　酒に合うよ！」

「これ酢漬けなんだけど、口直しに持ってって」

「おかあちゃんが、これどうぞって。うちのオレンジ甘いから」

出店から人が出てきては品物を二人に差し出してくる。

次から次へとやってきて、二人の前に行列ができている有様《ありさま》だ。

そして、その誰もが代金を払おうとしても受け取らない。

いくら収穫祭とはいえ全部が全部無料ではないはずなのだが、小銭を取り出す間もなく立ち去ってしまったり、「お代なんてもらえないよ」と言って手を引っ込めたりするのだ。

行列が捌《は》けた頃には、二人の両手は食べ物と飲み物でいっぱいになっていた。

ベリオンに至っては敷布《しきふ》を入れた斜めがけの鞄《かばん》にまで何かを詰め込まれている。比較的よく食べるベリオンの胃袋をもってしても二人で食べきれる量ではない。

「来年からはもっとちゃんと変装しよう」

「ですね」

二度目の結婚式で領民にもお披露目したことで、領主の人としての顔が領内に知れ渡っているその事実を甘く見ていたようだ。

けれどベリオンを見て誰一人「領主様」とは言わなかった。服のおかげか、お忍びだということは分かってくれたのかもしれない。基本的には気のいい領民たちなのである。

ベリオンはラフィーナの荷物をいくらか持って高台へ登った。去年と同じ場所に布を敷き、食べ物を並べて座る。

いい陽気で適度に喉が渇いたので、さっそく二人で乾杯した。ベリオンも炭酸が飲みたくなったのでよく冷えたエールを。ラフィーナは香草入りレモンシロップの炭酸割りだ。

「しみる〜っ」

去年同様、ラフィーナは実に美味《うま》そうに炭酸割りを飲んだ。

香草入りレモンシロップはいわゆるアルガルドの家庭の味で、家ごとに味が違ったりする。

ラフィーナにはそれが面白いようで、レモン事業を通じて知り合った主婦たちからレモンシロップやレシピをもらったり、飲み比べなんかをよくしているらしい。

普段からよく飲んでいるはずなのに、今日も飽きもせず美味そうに飲み干していた。

「次は酒にするか？」

「んー……やめておきます」

「珍しいな」

割と飲める口でよくベリオンと晩酌をしているラフィーナだったが、首を横に振り果実水を手に取った。

「実は、最近太った気がして……」

「太った？　そうか？」

「見てくださいこの服」

「去年と変わらないように見えるが」

「そうです。去年と同じ服なのに、布のゆとりが去年よりないんですよ！」

「元々細すぎたくらいだ。もう少し太ってもいいだろうに」

初めて会った時にはなんて細い花嫁《はなよめ》だろうと思った。

後で聞けば、あれでも布を詰めて補整していたのだと言うから驚いたものだ。

「でも……」と果実水を飲み根菜の酢漬けをつまむラフィーナを尻目に、ベリオンは串焼き肉を持ち上げた。

焼き立てを渡されたのでまだ十分に温かく、頬張った途端に肉汁とタレが口の中で混ざり合う。

柔《やわ》らかすぎず、しかし固くもない、絶妙な焼き加減だ。

もう一本を手に取り、ラフィーナへと差し出した。

「赤身だ。赤身の肉は良質な筋肉になる」

「筋肉」

「そして、筋肉があれば自然と燃費が高まり、身体《からだ》が引き締まる」

「燃費。引き締め」

「何より大切なのは、しっかり食べなければ筋肉量は増えないということ。太ってから絞る。これが鉄則だ」

「な、なるほど……うん、そうですよね！」

力強く頷《うなず》いて、ラフィーナはベリオンから串焼き肉を受け取った。

一口かじりもぐもぐと口を動かす。そして「美味しい」と顔をほころばせる……と思ったのだが。

「うっ」

一口飲み込むのもやっとの様子で、ラフィーナは口元を押さえて呻《うめ》く。

「どうした？」

まさか前世で肉を食いそびれたことでも思い出したか。

そんな冗談が一瞬頭をよぎって、そうではないことを知る。

「気持ち悪い……」

「ラフィーナ！」

口を押さえたままえずく妻の背中を片手でさする。

もう片方の手で適当な紙袋の中を空《あ》け、ラフィーナの口元に持っていった。

「オレ、オレンジ、が」

遠慮かためらいか、ラフィーナは大きく呼吸を繰り返すばかりで吐き出そうとしない。

紙袋から放り出された勢いでどこかへ転がっていくオレンジを涙目で見ている。

「そんなことはいいから」

根気よく背中を撫《な》でているうちにこらえきれなくなったのか、紙袋に胃の中のものを戻した。

水の代わりに無糖の炭酸水で口をゆすがせながら、ベリオンの深緑の瞳に剣呑《けんのん》な光が宿る。

(……毒か?)

人の姿に戻れるようになってからというもの、アルガルド辺境伯にすり寄ろうとする人間が増えた。

中にはベリオンが頷かないのなら邪魔なラフィーナの方を、と思う人間がいてもおかしくない。

(迂闊《うかつ》だった)

気づけば砂漠の主との戦いに明け暮れる日々で、呪いを得てからはバケモノの姿となった。

そんなベリオンには、結婚を巡る思惑《おもわく》など長らく無縁のものだった。

ずいぶんと平和呆《ぼ》けした己の唇を噛《か》む。

「ごめんなさい……」

「何も言わなくていい。それより、しっかり口を閉じていろよ」

「え?」

一旦は嘔吐《おうと》が落ち着いた様子のラフィーナを敷布で包む。

同時に素早く懐《ふところ》に手を入れ、取り出したケースごと中の写真を割った。

「行くぞ」

「な、何を」

バケモノ姿に戻ったベリオンは、ぐったりしたラフィーナを布ごしに抱きかかえ、思いきり地面を蹴り上げた。

「っ！」

高台を滑《すべ》り降《お》り、民家の屋根から屋根を跳び移っては、出店の天幕を震わせ疾走する。

そこかしこで飛び交う悲鳴は無視をして、揺らさないことにだけ意識を集中させた。

やがてたどり着いた城の奥、ラフィーナの部屋に駆け込む。

すっかり強《こわ》ばってしまった身体をベッドの上に静かに横たえ、青白い顔に問いかけた。

「大丈夫か？　まだ気持ち悪い？　酔ってないか？　吐き気は？」

「うう……」

「悪かった、ラフィーナ。私が無理に勧めたりしなければ、こんなことには……」

間を空けずにビクターもやってきて、尋常ではない二人の様子に目を見張った。

「何事ですか、旦那様」

「ラフィーナに毒が盛られた可能性がある。今すぐ医者を呼べ」

「早馬を出します」

ビクターとともに駆けつけた使用人が頷き、来たばかりの廊下を走り去る。

その足音を聞きながら、ベリオンは後悔の念に押し潰されていた。

収穫祭の始まった大通りには人があふれ、持たされた食べ物に至っては誰に渡されたか分かったものではない。ラフィーナに毒を盛った犯人の特定は困難を極めるだろう。

しかし、彼女が口にしたものと祭りの出店申請書、さらにはベリオンに届く不届きな釣書を照らし合わせれば目星はつくはずだ。必ず見つけてみせる。

「収穫祭は今すぐ中止だ。城下の門を全て閉じ、蟻《あり》の子《こ》一匹たりとも外に出すな」

「承知いたしました。しかし、一体何が」

「城下でもらった肉を一口食べた途端に吐いたんだ」

ビクターが息を呑《の》む。

バケモノ姿のベリオンを直視しないよう廊下に集まった使用人たちも「なんてことを」「必ず犯人を捕らえなければ」と口々に言う。

そんな中で唯一、「お肉を食べて吐かれた……？」と冷静な声を上げる者がいた。

ラフィーナの侍女、イスティだ。

「何か思い当たることがあるか」

「あの、確信はないのですが……」

「構わない。勘違いでもいいから、気づいたことを全て教えてくれ」

「では申し上げます。奥様はここのところ食欲が落ち、代わりに睡眠が増えました。食べるものも揚げた芋のほかはレモンを使ったお料理ばかりで……周期が安定しないのは元からですし、てっきりお仕事がお忙しい影響もあってかと思っていたのですが」

「つまり？」

「ですから、その、もしかしたら」

煮え切らないイスティの言葉で何かに気がついたのはビクターだった。慌てて部屋を出て叫ぶ。

「今の早馬を止めろ！　別の医者を呼びなさい！」

「別の医者……」

冷静を意識していたベリオンが混乱し始めたのは、このあたりからだった。

ラフィーナの吐き気は思い出したかのようにやってくる。

イスティが洗面器を用意して背中をさすり、口をゆすがせては額や首筋に浮かんだ汗を拭《ふ》く。

その間ベリオンは部屋の真ん中に突っ立っているだけ。

やがて転がり込んできた医者が「おめでとうございます」と言った次の瞬間には、部屋の窓ガラスが揺れるほどの歓声が響いた。

イスティが「おくるみをお作りしなければ」と浮き足立っている。

ビクターは「お子様が成人するまでは死ねません」と目頭《めがしら》を押さえる。

ようやくベリオンも現実に戻り、「使用人と城下に酒を振る舞え」とかさついた声で命じた。

「あとは名前……そうだ、名前を考えないと」

「みんな気が早いですよ」

白い顔をしたラフィーナが微笑んだ。

上体を起こし、クッションに背を預け、右手をゆったりと持ち上げる。

すっかり暗くなった空に精霊の光が灯《とも》り、城下からの歓声が部屋の中にまで届いた。

窓から見える光景は去年と同じか、それ以上に美しい。

淡い光に照らされるラフィーナの横顔には神々《こうごう》しささえ感じる。誰かがほう、とため息をついた。

思わず妻を抱きしめたベリオンの耳元で、柔らかな声がささやく。

「今なら幸せが分かります」

「あぁ……私もだ」

抱きしめる腕には力が入らないように。けれどこの想《おも》いが妻へ伝わるようにと願った。

＊

新しい命を授かったと分かった日から時間は穏やかに流れ、あっという間に臨月が近づいた。

ラフィーナが携わっていた仕事の引き継ぎは済んでいる。

時折ぽこぽこと中から蹴ってくる元気な腹を抱え、毎日を穏やかに過ごすばかりだ。

そんなある日、難しい顔で一通の招待状を眺める夫にラフィーナは声をかけた。

「気の乗らないお誘いですか？」

「いや……なんと言うか」

手渡された招待状の封蠟《ふうろう》には紋章が押されている。

アルガルド辺境伯家家臣の一族、ドリエル伯爵家のものだ。

「ドリエル伯爵家と言えば、確か」

ラフィーナは嫁《とつ》いでからベリオンやビクターに教えてもらった知識を掘り返した。

ドリエル伯爵家。古くからアルガルド家に仕《つか》える文官一族で、当代は「森の賢者」梟《ふくろう》に例えられるほど知識が豊富。幼少期のベリオンの教師を務《つと》めた人物でもある。

(そして……跡継ぎの息子さんが亡くなったんだったわ)

ベリオンの呪いを解明しようとした研究者の一人でもあったが、初めて写真を撮って大騒ぎとなったあの日、ドリエル伯爵は城に来なかった。

留学中の長男が病《やまい》に倒れたと聞いて海を渡っていたからだ。

しばらくの後、現地で葬儀が行われたと聞いている。

ラフィーナは一度、帰国した伯爵と顔を合わせ、挨拶を交わしたことがある。

気落ちした様子で顔色も悪く、今にも倒れそうだと心配したことをよく覚えている。

しかし今、招待状の内容を見て少し安心した。

「二番目の息子さんの帰省に合わせて晩餐会《ばんさんかい》を開くんですね。しかも、外国に嫁いだ娘さんも実家に戻ってきていると」

伯爵の次男はベリオンの幼なじみだと聞く。

家を継がないからと自ら仕事を得て、もう何年も東の国境に籍を置いているそうだ。

跡継ぎを失い沈んでいた伯爵の元にもう一人の息子が帰り、遠くに嫁いだ娘も戻ってくる。

伯爵にとっては久々に明るい一日となるのだろう。

「いいお誘いじゃないですか。何をそんなにためらっているんです？」

「身重の君に同伴してもらうのは気が進まない。だから断ろうかと」

「断るだなんて。妊婦には適度な運動も必要ですよ」

ドリエル伯爵邸はアルガルド領内にある。

城からほど近く、馬車に揺られて三十分以内というところだろう。

妊婦に酒は出されないだろうし、喫煙は別室。晩餐会なのだからダンスはあっても控えめ。

仕事もせず城にこもってばかりいる方が身体に悪いのだから、このくらいの外出は気にするほどではない。

「しかしな……」

「ベリオン？」

なおも夫は歯切れが悪い。

じっと深緑の瞳を見つめていると、根負けしたように視線がそらされた。

「ドリエル伯爵家は私の……元婚約者の実家で」

「外国に嫁いだ娘さん、というのが？」

ベリオンは小さく頷いた。

なるほど、だから口ごもっていたのかとラフィーナも納得する。

(元婚約者がいたからってどうってことはないと思うけど。でも、何も配慮されないのもそれはそれで微妙よね)

昔の婚約者と妻を会わせることをためらい、かといって下手に隠すこともしなかったベリオンの気遣いに悪い気はしない。

ラフィーナの顔は自然とほころんでしまった。

「それはもう過去の話ですし、今はお互い家庭があるわけですし。大丈夫ですよ、私は気にしませんから。それより、伯爵の晩餐会を盛り上げて元気になってもらいましょう。ベリオンが行ったら喜んでもらえるはずです」

「…………」

ラフィーナの言葉に、そらされていたベリオンの視線が戻ってきた。

夫の難しそうな表情を見て、ラフィーナは彼の眉間《みけん》をそっと撫でる。

やがてベリオンは詰まった息を吐き出すようにしながら笑みを浮かべた。

「分かった。君がそう言うなら」


出席の返事を出して迎えた約束の日、ラフィーナとベリオンはドリエル伯爵家にやってきた。

「ようこそ領主様。お忙しい中、このようなところまでご足労いただき誠にありがとうございます」

「いや、先生の元気そうな様子が見られてよかった」

出迎えた伯爵は前に会った時より痩せていた。

若干落ちくぼんだ目がぎょろりとしていて、二つ名のごとく梟を思わせる。

しかし交わした挨拶は穏やかで、ベリオンの言葉に感じ入っている様子だ。

「先生などと、お懐かしい……奥様もようこそおいでくださいました。御身の大切な時期にこのような場へお呼び立てする非礼をお許しください」

「招待いただけて嬉《うれ》しく思います、ドリエル伯爵」

伯爵が深々と頭を下げると、その後ろから二人の男女が顔を出した。

一人は伯爵の次男、ルイスだ。

「ベリオン！」

「ルイス！　久しぶりだな」

ルイスはベリオンの顔を見るなりぱっと笑って両腕を広げた。

ベリオンも相手を受け止め、熱い抱擁が交わされる。

人の姿でも背が高く筋肉質なベリオンと、似たり寄ったりな体格のルイス。

なんだか急に体感温度と視界の密度が高まった。

「十年ぶりか?」

「さすがにそこまでではないだろう」

「でも俺は『バケモノ辺境伯』を見たことがないからなぁ。今度見せてくれよ。あれ? もう呪いは解けたんだっけ?」

「解けてはいないが、好き好んで見るものでもない」

「何だと? 辺境伯のくせにケチくさいことを言うな!」

多くを恐れさせた自身の姿に気をつかっていたベリオンが朗らかに笑い飛ばされている。

つられて笑ってしまったラフィーナに気づいたのか、ルイスはぴしっと姿勢を正した。

「奥様、お初にお目にかかります。ドリエル伯爵が次男ルイスと申します。東の辺境リーケファンの砦《とりで》にて警備の任に当たっています。とはいえ剣を握る仕事ではありませんが」

ルイスはなぜか最後にパチンと片目を閉じた。

剣を握らないと言う割には服の上からでも分かるよく鍛えられた身体。少し日焼けした肌に映えるオレンジ色の髪に、青空をはめ込んだ瞳。

精悍《せいかん》な顔立ちに浮かべた気障《きざ》ったらしい仕草を目撃したベリオンに小突かれてもニコニコと笑っている。南の辺境アルガルドの生まれにふさわしい、太陽のような男性だ。

「お二人は仲がよろしいのですね。ラフィーナ・アルガルドと申します。今日はお招きいただきありがとうございます」

「俺とベリオンは親友ですから。奥様もどうぞ我が家と思っておくつろぎを! それと……マリエナ！」

伯爵の後ろに控えていたもう一人は伯爵の長女、マリエナだ。

すっと前に進み出てくると、兄とよく似た髪を揺らしながら優雅に腰を落とした。

「ご無沙汰《ぶさた》しております、ベリオン様」

「あぁ。元気そうで何よりだ」

ベリオンはマリエナの言葉に短く答えると同時に、ラフィーナの腰をそっと引き寄せた。

「妻のラフィーナだ」

「ドリエル伯爵の娘、ルイスの妹、マリエナと申します。お会いできて光栄ですわ」

「はじめまして。私もお会いできて嬉しいです」

挨拶を交わしたマリエナはちらりとベリオンを見て、次にラフィーナの大きくなった腹を見る。

そして、意を決したように口を開こうとした。

「あの」

「さあ、そろそろ食事の用意が整《ととの》います。食堂へご案内いたしましょう」

マリエナの言葉はドリエル伯爵に遮《さえぎ》られた。

ベリオンも続きを促《うなが》すことなく、ラフィーナの腰を抱いたまま食堂に向かって歩き始めてしまう。

何やら言いそびれた様子のマリエナは、食事中もチラチラとベリオンに視線を向けていた。

（どうしてもベリオンが気になる様子ね）

ベリオンが砂漠の主の呪いを受け、バケモノと呼ばれる姿に変わるや否や婚約解消を申し出てきたと聞くが、それまではずっと婚約していた仲だ。

兄のルイスとは親友だし、婚約していた二人の関係も悪くはなかったのだろう。

（呪われたベリオンから逃げるように婚約を解消して、外国で結婚したみたいだけど、今はどう思っているのかしら）

この国での社交は原則として夫婦同伴だ。

辺境伯まで参加している社交の場にマリエナの夫の姿がないことが少し気にかかる。

彼女の夫は外国人だというから、もしかしたら夫婦同伴が一般的ではない文化圏の人なのかもしれない。しかし、そうではないとしたら。

（例えば、ベリオンともう一度——）

「…………」

「ラフィーナ？　体調は問題ないか？」

「あ、はい。料理がとても美味しいのでじっくり味わっていました」

手が止まったラフィーナをベリオンが心配そうに見ていた。慌ててカトラリーを握り直す。

（だめだめ。社交中に妙なことを考えてぼけっとするなんて）

なるべくマリエナを見ないようにして食事を終える。しかしその後は大抵、男女に分かれての歓談となるものだ。今日も例にもれず男性は談話室へ、女性は応接室へと移動することになった。

「さぁベリオン！　東の砦での話を聞いてもらおうじゃないか！」

「興味あったんだ、聞かせてくれ。……行ってくる。ラフィーナも楽しんで」

ベリオンは耳元でささやくと、ルイスに引っ張られるようにして食堂を出ていった。

ラフィーナもほかの女性客と移動する。その途中、背後からマリエナに声をかけられ足を止めた。

「奥様……ラフィーナ様。折り入ってお話ししたいことがあるのです。別室へお越しいただけないでしょうか」

「え、でも」

「ほかの皆さんなら大丈夫です。叔母はこういったことの取り仕切りには慣れておりますので」

長男だけでなく、妻をも早くに亡くしたドリエル伯爵を何かと気にかけているのは彼の妹、マリエナにとっての叔母だ。

今日の晩餐会の女主人も彼女が務めている。

マリエナの叔母を先導にほかの女性客はどんどん奥へと進んでいく。

ラフィーナはマリエナに導かれ、二階にある客間へ入った。

「階段を上らせてしまい申し訳ありません。すぐにお茶を用意いたします」

「お構いなく」

あらかじめ用意していたのだろうか。

マリエナは備《そな》え付《つ》けの茶道具で手際《てぎわ》よくお茶を淹《い》れた。

すっきりとした香りの茶葉は目の前で新品の缶を開けたもので、ラフィーナも城で飲んでいる銘柄のハーブティーだ。

城下の有名菓子店の油紙に包まれたままのお茶菓子と並べてラフィーナの前に差し出される。

（ど、毒にものすごく配慮されている……？）

添えられたティースプーンは銀だ。

砂糖を入れてくるくる混ぜても変色しないので、ラフィーナはハーブティーを口に含んだ。

「美味しい」

「お口に合ったようでよかったです」

「それで、お話というのは？」

「はい。実は……その」

マリエナは口を開いては閉じ、開いては閉じ、を何度か繰り返した。

落ち着かない様子に、また妙な考えが浮かんできてしまう。

(だめだってば、勝手な想像をしたら)

口をパクパクさせるマリエナと、頭をフルフルと振っているラフィーナの動きを止めたのは、扉が叩《たた》かれる音だった。

「マリエナ、いるのか？　私だ」

「……お父様？　はい、おりますわ」

扉からドリエル伯爵が顔を出す。

「奥様。歓談中に申し訳ございませんが、娘をしばらくお貸し願いたい」

「お父様！　せっかく奥様においでいただいたところなのに、困ります」

「失礼は承知の上で言っている。ここで問答する方がかえって失礼だから、早くこちらに来なさい」

「後でもいいでしょう」

「マリエナ」

双方ともに譲らない姿勢だ。

このままでは埒《らち》が明かないように思えたので、合間にラフィーナも口を挟む。

「行ってきてください、マリエナ様。私はお菓子をいただきながら待っていますから」

「……すぐに戻りますわ」

父娘《おやこ》の後ろ姿を見送って、ラフィーナはお菓子の包み紙を開けた。

中身はマドレーヌそっくりの焼き菓子だ。なんと二枚貝の姿をした魔物の殻《から》を型にしているのだとか。だからといって潮の香りがするということもなく、豊かなバターの香りが鼻を抜けた。

あっという間にひとつ食べ、二つ目のマーマレード味まで完食する。

ハーブティーを飲み干して一息ついたが、その頃になってもマリエナは戻らない。

もう招待客もみな帰ってしまったのではと思う頃、戻ってきたのはマリエナではなくドリエル伯爵だった。晩餐が始まる前に出迎えてくれた時とは打って変わって硬い表情をしている。

「マリエナ様に何かあったんですか、伯爵？」

「先ほど、娘は何か申しましたか」

「いえ。お話しする前に退室されてしまったので」

「……そうですか。では、私から申し上げます」

伯爵はソファに座るラフィーナの足下まで素早く近寄ってきたかと思うと、その場に跪《ひざまず》いて頭を下げた。ぎょっとするラフィーナに構わず叫ぶ伯爵の声が客間に響く。

「マリエナをベリオン様のお側《そば》に置かせていただくよう、奥様からもお口添えを願いたい！」

「えっ？」

「どうかお願いいたします！」

「ええっ!?」

伯爵は床に額をこすりつける勢いだ。

(まさか異世界で土下座《どげざ》を見ることになるとは)

現実逃避をしてたっぷり数十秒。

ようやく伯爵の言葉の意味を理解して、思わず眉をひそめた。

「お側にって、使用人という意味……ではないですよね。マリエナ様をベリオンの、あ、愛人？　妾《めかけ》？　にとか、そういうことでしょうか？」

「はい」

「ベリオンには私という妻がいるのですが」

「子は無事に生まれてくるとは限らないものです。保険はひとつくらいあった方がよろしい」

「……本気でおっしゃっているのですか？　アルガルド辺境伯に対する叛意と取られてもおかしくありませんよ」

「冗談でこのようなことは申しません」

ゆっくりと顔を上げた伯爵がラフィーナを見据《みす》える。落ちくぼんだ目の鋭い光に肩がすくんだ。

「もとより、マリエナがアルガルド辺境伯夫人になるはずだったのです」

「……でもそうはなりませんでした。ベリオンは私と結婚して、マリエナ様も別の方と結婚しているはずですよね」

「しかし娘はこの家に戻ってきました。その意味は言わずともご理解いただけるかと」

「離婚されたのですか？　もしくはその予定でいると」

「…………」

　伯爵は何も言わない。無言は肯定ということなのだろうか。

「だとしても、私は自分の夫にほかの女性がいるなんて認められません。私からマリエナ様を側に置くよう勧めることも絶対にしません」

「そこを、どうか」

「マリエナ様だって妻帯者の愛人や妾なんて嫌でしょう。初婚じゃなくてもいいご縁はどこかに必ずあります」

「娘の初恋を叶《かな》えてやりたい親心でございます」

　まったく話が通じない様子にラフィーナは口をつぐんだ。

（初恋ですって？）

　マリエナが妙にもじもじしていたのは、人の姿に戻ったベリオンにときめいていたからだとでも言うのだろうか。

　別室に案内されたのもマリエナ自ら同じことを言うためだったのだろうか。

　晩餐にベリオンを呼んだことですら、このためだったと。

「すぐにご納得いただけないのも当然でしょう。一晩ゆっくりとお気持ちをお鎮めください」

「いいえ。帰ります。ベリオンに心配をかけたくはないので」

「領主様は奥様の外泊をお認めになっておりますので、ご安心を」

「どういうことですか？」

「マリエナと女同士、話が盛り上がっている。今日は我が家に泊まりたいと仰《おお》せです……とお伝えしました。それと」

未《いま》だに跪いていた伯爵はゆらりと立ち上がった。

「奥様はご存じなくて当然ですが、かつては確かに領主様も娘を好いておられた。今日とて久々の再会がまんざらでもなかったご様子」

「………」

かつては。

ラフィーナがアルガルドに来るよりずっと前のことだ。知りようがない時のことを持ち出されては、ラフィーナには何も言えない。

まんざらでもなかった様子。

そんなことはない、とは言いきれなかった。マリエナの様子ばかりが気になって、ベリオンの視線がどこへ向かっていたのかと言われると自信がない。

言葉を失うラフィーナに伯爵は気を良くしたような声音で言った。

「何もご心配いただく必要はございません。お約束さえいただければすぐに城までお送りいたしましょう。私と、マリエナとともに」

ゆっくりと扉まで歩きドアノブに手をかける直前、思い出したように続ける。

「あぁ、先ほども申しましたが、子は無事に生まれてくるとは限らないものです。——時にはその母体ですら。どうかご自愛いただきますよう、切にお願い申し上げます」

そうしてラフィーナは、腹の子ごと軟禁されてしまったのだった。

＊

「ラフィーナ、ラフィーナ」

子供のような声が聞こえてくる。

頭上に小さな気配を感じて顔を上げれば、柔らかそうなくせ毛をくゆらせる光の精霊がいた。

「キャシー」

「元気ナイね。ダイジョーブ？」

「うん」

意味深なことを言って去ったドリエル伯爵だが、今のところはまだラフィーナに危害を加えていない。

マリエナが用意したお茶もお菓子も、有害なものは入っていないのだろう。

ベリオンに愛人を持つよう進言させるためには、ラフィーナに毒を盛るわけにはいかないのだから。

邪魔なラフィーナを殺すという一足飛びな行動に出なかったことはよかった。

しかし拒否し続ければどうなるか分からないような口ぶりだったので、安心はできない。

「ここから出なきゃいけないんだけど、どうしたらいいかなと思って」

お腹《なか》の子を守るためには、荒っぽい手段は取れない。

しかし目の前の扉から素直に出られるとも思えない。

「心配ナイ！　精霊ガ助ケル！」

「ありがとう、キャシー」

「アッ、キャシーは光ダカラ、ムリカモね……」

しょんぼりとしたキャシーはどこからともなく取り出したカメラの陰に隠れた。

ひょこっと顔だけ出して、「デモネ」と続けた。

「風ガ運ブよ。土ガ道を作ルよ」

キャシーの言葉に応《こた》えるように緑と黄色の光が灯る。

手のひらサイズの子供のような姿をかたどる光は、風と土の精霊だ。

「水ハびちゃびちゃ。火ハ全テを灰ンガっ」

青と赤の光も灯りかけて、ラフィーナは慌ててキャシーの口を人差し指で塞いだ。

水浸《みずびた》しも燃やし尽くすのもダメだ。

「ありがとう。風か土の精霊の力を借りようかな」

ゆっくりとソファから立ち上がり、窓に向かう。カーテンを引けば普通の窓が現れた。

閉じ込めるならば鉄格子付きの部屋にでもすべきだろうに、臨月の妊婦が窓から飛び降りるはずがないと油断しているのだろう。

開け放った窓の外は暗くてよく見えないが、さっき階段は一階分しか上っていない。

ということは地面までの距離もそれなりだと想像できる。

風の力で宙を歩くのも、土の力で地面からここまでの階段を作るのも、多少目立つかもしれないが無理ではない。

地面に降り立ったあとはキャシーの力を借りて、姿を隠しながら徒歩で城に戻ることができるだろう。

気合を入れるかのようにお腹がぽこんと蹴られて、ラフィーナは覚悟を決めた。

「大丈夫よ。どこの世界も母は強し。このくらいで私を閉じ込めたと思われては困るわ」

なんせラフィーナはただの令嬢、ただの夫人ではない。この世界の非常識もラフィーナには常識の範囲内だ。

だから他人に言われたベリオンのことだって信じない。本人の口から本心を聞くために屋敷《やしき》からの脱走だってしてみせる。

「よしっ」

邪魔になりそうなスカートの裾《すそ》をまくり上げ、髪を結っていたリボンで縛り上げてしまおうと手を伸ばした時、扉の叩かれる音が部屋に響いた。

「――お茶のおかわりをお持ちしました」

ラフィーナはさっとソファに戻り、何事もなかったかのように腰掛ける。

解錠音の後に入ってきたのは一人のメイドだ。

伯爵が戻ってきたのかと思ったが、ちらりと見えた扉の向こうには仁王立ちする男性使用人の姿しか見えない。

入ってきたメイドと見張り役以外には誰もいないようだ。

扉が閉まり、再び扉の鍵が閉められると、メイドは茶器の載ったトレーをテーブルに置いた。

お茶の準備には手を付けない。

代わりにラフィーナに向けられた瞳はよく晴れたアルガルドの空色。ヘッドドレスから覗《のぞ》く髪は明るいオレンジ色。それは、つい先ほどまでここにいた人物とよく似ていた。

「遅くなってごめんなさい。助けに来たわ、ラフィーナ様」

「え？　マリエナ様？」

ベリオンとよりを戻したくてもじもじしていたはずのマリエナが、お仕着せに身を包み再び現れた。

何が起きているのか分からず、ラフィーナはつい、お茶のおかわりを所望してしまったのだった。

＊

「パパのバカっ！　余計なお世話にもほどがある！　娘が今いくつだと思っているのよ、もう子供じゃないんですけど!?　だいたい、奥様とお腹のお子様に何かあれば一族郎党おしまいだってどうして分からないのよーっ!!」

お茶を淹れる間にラフィーナから父親の台詞《せりふ》や所業を聞いたマリエナが叫んだ。

しかし声量は抑えめで、抜かりない。

「ご、ごほん。お耳障りな言葉を、失礼いたしました」

叫ぶだけ叫んだ後は、わざとらしく咳《せ》き込《こ》んで取り繕い始めた。

うっかり素が出てしまった様子だ。

「いいですよ。楽に話してください」

「……もう大罪人だものね。今さらだし、そうさせてもらおうかしら」

マリエナはラフィーナの向かいのソファに腰を下ろした。

「てっきりマリエナ様も承知のことだと思っていました」

「偶然です。というか、私もパパに利用されたのよ。私まで閉じ込めようとして」

「マリエナ様まで？　どうして？」

「どこから説明したらいいのかしら。庇《かば》うわけじゃないけれど、今のパパは手負いの獣と同じになっているのよね」

マリエナはラフィーナと同じお茶を飲みながら静かに語り始めた。

ドリエル伯爵は跡継ぎの長男を亡くしたが、次男がいる。

東から呼び戻され数年ぶりに戻ってきた次男はしかし、東の地に根を張りたいと言ったそうだ。

つまり、あちらで結婚したい人がいるということ。

聞けば相手は砦の近くにある村の、何の身分も持たない娘だという。

伯爵家の嫁にはふさわしくないとドリエル伯爵は猛反対した。

すると、ルイスは「もとより爵位には興味などない。反対するのならば縁《えん》を切る」と猛反発した。

この親子喧嘩《げんか》がつい先ほどのこと。招待客の知らぬ間に事が起きていたらしい。

「しかも間の悪いことに、外国に嫁いだ私が夫と喧嘩して戻ってきたものだから、そのままアルガルドに居着かせようと思ったみたいなの。つまり、私をベリ……領主様と再婚させようとしている。そんなことはやめてって言っても照れ隠しだと思われてしまって。一度切れた縁が再び結びついたのだからやはり一緒になる運命だったのだろう、なんて言い始める始末よ。鳥肌が立ったわ」

「マリエナ様も今の旦那さんと別れて、その、ベリオンと結婚したい……？」

「まさか、やめてよ！　女神様に誓って、ベリオンとはお互い幼なじみ以上の感情は持ってないわよ。私は旦那に腹を立てて出てきちゃったけど別れるつもりなんてないし。ちょっと喧嘩しただけ」


ややや乱暴にカップを置いたマリエナは焦《あせ》っているようだった。

もし父の意のままになってしまったら、夫ともう二度と会えないかもしれない。

揺れる瞳にそんな思いが透けて見える。

「私、あなたを閉じ込めるつもりなんてなかった。少しお話ししたいことがあっただけで……」

「あ、それ、まだ聞いていませんでしたね。どんなお話でしょう？」

ドリエル伯爵に呼び出されたせいで結局聞きそびれたマリエナの話が気になる。

しかしマリエナはぐっと息を詰まらせて、首を横に振った。

まっすぐに立ち上がってから美しく頭を下げる。

「それはもう、お忘れください。当家の行いは許されるものではありません。問答無用の処分もやむなしと心得ています」

マリエナのオフモードが終わってすっかり元のご令嬢に戻ってしまったようだ。

しかしマリエナの本心とドリエル伯爵の事情が分かったことで、ラフィーナの心に少しばかりの余裕が生まれる。

全ての問題が解決したわけではないが、少なくとも今この時、マリエナは味方だ。

ラフィーナは脱出を試みていた窓へと戻る。

「じゃあひとまず、お城に戻るのを手伝っていただけますか」

「もちろんです。そのために……って」

開けたまま閉め忘れていた窓から夜風が入り、ふわりとカーテンを揺らした。

窓とラフィーナを驚愕《きょうがく》の顔で交互に見たマリエナがキッとまなじりを釣り上げる。

「あなたまさか、窓から飛び降りるつもりだったのではないでしょうね⁉」

「半分正解というか、なんというか」

「妊婦が何を考えているのよーっ‼」

一瞬にしてマリエナが素に戻ってしまった。

「精霊の力を借りて脱出しようと思ってましたが、やっぱりなるべく安全に行きたいので、窓から出るのは最終手段にしようかなと考え直したところで」

「あなた精霊術士なの？　というか、窓はダメに決まっているでしょ、もうっ。私が来たからには普通に地面を歩いてもらいますからね！」

窓を閉めようとするマリエナが肩を怒らせて近づく。

ちょうど彼女がラフィーナの隣に来た、その時――黒い影が天井《てんじょう》から落ちてきた。

「も、もがっ！」

虫か蛇かと叫びそうになるラフィーナの口をマリエナが素早く塞ぐ。

かき消えた悲鳴は、マリエナの意外な言葉が上書《うわが》きした。

「お兄様！」

「お前、部屋にいないから、まさかと思ったらそのまさかだよ」

天井から落ちてきた、否、降り立ったのは、マリエナの兄ルイスだった。

服や髪に埃《ほこり》をくっつけながら相も変わらず爽《さわ》やかに笑っている。

「ルイス様、どうして天井から」

「申し訳ない、奥様。まさか父がここまで捨て身の行動に出るとは想定外でした。俺まで閉じ込められた。まぁ、天井伝って出てきましたけど」

ルイスは埃まみれの髪をぐしゃぐしゃとかき混ぜた。

「マリエナはメイドに扮《ふん》したか。妹よ、あっぱれ」

「のんきなこと言ってる場合じゃないでしょ！　何なのよこの状況は」

「ちょっと整理したいですね」

ラフィーナはベリオンの愛人としてマリエナを勧めろと強要され、拒否したところ軟禁された。

マリエナは離婚が確定事項だと勘違いされ、その後はベリオンの側に置かれようとしている。

否定しても「遠慮しなくていい。パパに任せておきなさい」などと言われ、部屋に押し込められてしまった。

ルイスは恋人との仲を認めてもらえず、ならば絶縁も辞さないと啖呵《たんか》を切って閉じ込められた。

そもそも今日の晩餐会はマリエナとベリオンの再会と、ルイスの結婚相手探しを兼ねたものだったと思われる。

そして今、部屋から抜け出してきた兄妹《きょうだい》がラフィーナの部屋に集合していた。

「我が父ながら本気でどうかしているな。こんなことをしても無駄だと分からない人ではないはずなのに」

「本当にごめんなさい、ラフィーナ様。こうしてみると申し開きのしようもないわ」

「俺と妹は責任を取らねばなるまい。しかし奥様、その前に必ずあなたをここから……ん？」

ふいにルイスが窓を見る。

視線につられて窓の外に視線を向けると同時に、地響きのような音が耳に届いた。

「お、お兄様、これ何の音なの？」

「さて、地震か？　少し違う気もするな」

地響きはだんだん大きくなっていく。

（違う、地震じゃない）

音は大きくなっているのではない。近づいているのだ。

「なに、何なの……？」

マリエナの怯《おび》えた声が消えるのと同時に、ふっと地響きの音も消えた。

代わりに、ガリッと石をひっかくような鈍い音がすぐそこに迫る。

強い風に煽《あお》られたカーテンの向こう、月を背景に異形の影が映し出された。

「きゃっ……んぐーっ！」

叫ぶマリエナの口を今度はラフィーナが塞いだ。

この影《シルエット》を見間違えるはずもない。誰よりも頼りになる、愛《いと》しい愛しいトカゲのものだった。

「ベリオン！」

「ラフィーナ！」

窓枠に足の爪を引っかけたベリオンは難なく部屋に侵入を果たした。

写真を割って角付きの姿に戻り、驚異の脚力で走って跳んできたらしい。

「迎えに来てくれたんですか、ベリオン」

マリエナの口を解放し、夫と再会の抱擁をしようと手を伸ばす。

しかし、ベリオンの鋭い視線に動きを止めた。

「ラフィーナ。なぜ都合よく窓が開いていた？　まさか窓から出ようとでも思っていたのか？」

「え。えー……」

ラフィーナの伸ばした両手は、突然始まる説教により行き場を失った。

「いくら君が精霊術士だとはいえ無茶が過ぎる。ただでさえ妊娠出産は女性の身体に大きな負担をかけるのに、君は初産なんだぞ。何が起こるか誰にも分からない！」

「ご、ごめんなさい」

バケモノと呼ばれたベリオンを怖いと思ったことのないラフィーナだが、その姿で説教されると迫力満点すぎて怯《ひる》んでしまう。

「しかも、私に愛人を持たせようと考えているんだって？」

「あの、それは」

「納得できるか、そんなこと！」

叫んだ後、ベリオンは深いため息をついた。

「君はいつもタンポポの綿毛のようだな。いつかあっさり私の元から離れてしまわないかと心配だというのに、よりにもよって愛人などと聞かされて」

「私はどこにも行きません！　愛人も妾も側室も第二夫人だって絶対に認めてあげませんから！」

ラフィーナが叫ぶように言い返すと、ベリオンは低くうなり、視線を落とした。

「外泊ばかりでなく、愛人の話も先生の嘘《うそ》だったわけか。その嘘は見抜けなかった……」

不甲斐《ふがい》ない、と苦々しく呟《つぶや》いたベリオンは窺《うかが》うように続ける。

「ラフィーナ。どうかもっと執着して私を安心させてくれ。この世界にも、私にも」

「それを言うなら私だって。マリエナ様のこと、まんざらでもないって聞かされて……」

「それも先生の嘘に決まっているだろう。まんざらもなにも、私には君以外にはいな」

「いやいやいや待てもう！」

行き場を失っていた手がベリオンのそれに搦《から》め捕《と》られ、久々の鱗《うろこ》の感触に目を閉じた時、ルイスの鋭い声が割って入った。

二人で同時にビクッと肩を揺らし、いつの間にかくっついていた身体が距離を取る。

「二人の世界に浸るのは後にしてくれ。今はそんな場合じゃないだろ」

「はい……」

「すまない……」

「分かればよろしい。にしてもベリオン、君……」

ルイスの青い目がてっぺんからつま先までベリオンを眺めた。

今のベリオンはバケモノ辺境伯の姿でありながら、布を被《かぶ》っていない。

角も尻尾《しっぽ》も全てさらした状態で視線を受けたベリオンがカーテンの裏に隠れようと一歩動いた時、ルイスが興奮したように言った。

「噂《うわさ》のバケモノ辺境伯、かっこいいじゃないか！」

少しも怖がる素振りを見せないルイスはベリオンの角を触ろうとして避けられている。

「なぜだ！　触らせろよ！」

「嫌だ」

「減るもんじゃないだろうが」

「……まれにこういう奴《やつ》がいるんだ」

呆《あき》れたような声を出すベリオンだが、どこか嬉しそうに肩をすくめた。


「ところでベリオン、よくこの部屋が分かったなぁ」

兄とは違い、バケモノ辺境伯の登場に逃げることもできず固まるマリエナのため、ベリオンは早々に写真を撮って人の姿に戻った。

乱れた衣服を整えながらルイスの質問に答える。

「あぁ。窓が開いていて助かった」

「窓？　声は抑えていたはずだし、まさか……匂いで分かったとでも言うのか？」

「そのまさかだ。ラフィーナには絶対に言うなよ。領主命令だ」

「領主様の名誉にかけて一生黙っておいてやろう」

男同士による小声の会話も聞こえない部屋の対角線上、ラフィーナは衝立《ついた》ての向こう側で服を着替えていた。マリエナが用意してくれていたメイド服だ。

エプロンとヘッドドレスまで着けてベリオンの前に出ていくと、「そばかすは？」と笑われる。

下手な変装がちょっとした黒歴史になっているラフィーナは、ごまかすように話題を変えた。

「ベリオンは偉い人なんですから、堂々と出入りしたらよかったんじゃないですか」

「これでも生徒だった期間が長いからな。先生が嘘をつく時の癖も、言うことを聞かなかった時の面倒くささも分かっていたから、大人しく帰ったふりをしてラフィーナを探したんだ。君の体調も心配だからあまり騒ぎにはしたくなかったし、その口から直接、愛人を持てと言われるのかと思ったら……」

「べ、ベリオンったら」

「ちょっと。二人の世界に入るのはお城に戻ってからにしてちょうだいってば」

手を叩くマリエナに促され、ラフィーナとベリオン、ルイスの三人は扉の死角に張り付いた。

茶道具のワゴンを押したマリエナが扉の前にいる見張りに声をかける。

鍵が開けられ、扉の隙間《すきま》からルイスが滑り出る。

物音ひとつ立てることなく、素早く見張りのうなじに手刀を食らわせた。

気絶した男から鍵を奪って客間に閉じ込める。

(手刀って本当に気絶させられるんだ……！)

感心するラフィーナはベリオンに手を引かれながら静かに廊下を歩いた。

この屋敷はドリエル伯爵のものだ。使用人も伯爵の指示を受けて動いているので、見つからないようにしなければいけない。

誰かと鉢合わせしそうになるたびに進路を変え、時には手刀をお見舞いしながら廊下を進んでいると、うっすら扉の開いたままの部屋の前に行き着いた。

暗い廊下にぼんやりとした明かりが漏れ出ている。誰かが中にいるらしい。

「見られたら面倒だ。迂回《うかい》しよう」

「はい」

ベリオンの提案にラフィーナが頷く。

しかし、ルイスとマリエナは扉の開いた部屋をじっと見つめていた。

「どうしました、二人とも？」

「悪い。先に行っててくれ」

「えっ」

返事を待たずルイスは部屋へと滑り込んだ。マリエナもその後を追ってしまう。

残った二人でしばらく顔を見合わせていたが、ベリオンもはっとした様子でラフィーナの手を引き、兄妹の向かった方へと足を進めた。

（……ここは……）

両開きの扉の片方から入り込んだ部屋は広かった。

暗がりで見ても調度品の質がよく、ある程度身分の高い人物の部屋であることが分かる。

しかし同時に、誰にも使われていない部屋だろうことも肌で感じ取れた。

人の住む部屋にあるべき温度がなく、静謐《せいひつ》な空気に包まれている。

隅から隅まで冷たく冷え切った、主《あるじ》のない部屋。

そこにいたのはドリエル伯爵だった。

天幕付きベッドの横に置かれた椅子《いす》に腰掛け、背中を丸めて小さくなっている。

静かすぎる部屋に、洟《はな》をすする音がかすかに響いていた。

「パパ……」

ラフィーナたちを閉じ込めた男とは思えないほど、頼りない背中だった。

落とした肩に、マリエナがためらいながらもそっと手を添える。

「ここは母さんの部屋だ」

ベリオンたちに聞かせるようにして、ルイスが言った。

「マリエナは小さくて覚えてないだろうけどな、ちょうど二十年前に弟が生まれたんだよ。兄貴もマリエナも大喜びだったなぁ」

「ちょっとだけど覚えてるわよ。楽しみだったもの」

「でも喜んでいられたのは一日もなかったかな。母さんは産褥熱《さんじょくねつ》で死んだ。予定より早く生まれすぎた弟も死んだ」

小さかった嗚咽《おえつ》が次第に大きくなってくる。

「マリエナは遠いところに嫁いじまって、兄貴が急死して。俺も出ていくなんて口走ったから……寂しくなったんだろ。俺をここで結婚させて家を継がせて、マリエナをベリオンとくっつけとけば、残った二人はずっとアルガルドにいることになるから。な？」

ぽん、とルイスの手が伯爵の丸まった背中を叩く。

その瞬間、堰《せき》を切ったように伯爵が「すまない、すまない」と涙声で繰り返した。

ルイスの言ったことは事実だったようだ。

寂しくて、遠くへ行かないでほしくて、無理だと分かっていても何かをせずにはいられなかったのだろう。

「ベリオン。奥様。うちの問題に二人を巻き込んで本当に悪かった。もう正面から堂々と出ていっても大丈夫だ」

「今日だけはどうか、家族で過ごさせていただけないでしょうか。明日必ず、三人でアルガルド城に出頭いたします。どのような処分も受け入れます。屋敷に見張りを置いていただいてもかまいません」

ラフィーナはベリオンと再び見合った。深緑の瞳が「君はどうしたい？」と問いかけてくる。

跡継ぎを身ごもる辺境伯夫人の軟禁となれば、最低でも財産の四分の三以上を没収するのが相場だろうとベリオンは言う。

そうなれば爵位の維持が困難となり、城での役職も降格を免れず、場合によっては一家離散もあり得る。

(でも、やり方は問題だったけど、きっと家族思いの父親なのよね、ドリエル伯爵って)

いい父親というものに縁のないラフィーナは、寄り添う親子を見て少し羨《うらや》ましくなってしまう。

「もちろん今日は家族で過ごしていただいて、処分もあんまり重いものにはしないように……」

「なりません！」

ラフィーナの言葉に間髪容《い》れず口を挟んだのはドリエル伯爵その人だった。

「私は家臣として、決して許されないことをしました。言い訳のしようもございませぬ。どうか厳重な処分を」

伯爵は椅子を倒す勢いで立ち上がり、肩を怒らせている。

しかし退廃的《たいはいてき》な空気は消えていない。濡《ぬ》れた頬を拭《ぬぐ》おうともしない。

きっと彼は、失ってばかりの人生に疲れている。

「……それなら」

重い処分とは何かを考えているラフィーナのお腹が、内側からぽこぽこと蹴られる。

なるほど、とラフィーナは頷いた。

「それなら、強制労働ですね」

「ラフィーナ、それは」

「さすがに……」

強制労働。言い方を変えれば奴隷とも呼べる。

曲がりなりにも貴族家当主を相手に重すぎる処分を軽々と口にしたラフィーナは、この場にいる全員の視線も気にせず、主なきベッドの側に寄った。

「キャシー」

呼びかけと同時に光の精霊が姿を現す。

きょろきょろとあたりを見回した後、キャシーは大きく頷いて見せた。

「お願いね」

「ウン」

小さなランプひとつに灯《あか》りを任せていた薄暗い部屋が、一瞬にして昼間のような明るさに包まれた。

急な眩《まぶ》しさにラフィーナも目をすがめる。

ようやく目が慣れた頃、視界に入ったのは濡れた目を見開くドリエル伯爵だった。

視線の先はベッドに固定されている。

先ほどまで誰もいなかったはずのベッドに、一人の女性が座っていた。

ベッドに置いたたくさんのクッションに埋もれるように腰掛け、その腕にはくしゃくしゃの小さな赤ん坊を抱いている。

彼女の乱れた髪は肌に張り付き、疲れ切った様子が見て取れたが、腕に抱く子を見る瞳は柔らかく優しい。

「あれは」

「……ママ？」

ルイスとマリエナがかすれた声で呟いている。

ラフィーナの側で、ベリオンも呆気《あっけ》にとられたような声を出した。

「ラフィーナ、何をした？」

「光の精霊は最強なんです」

科学より魔法が発達しているらしいこの世界ではまだ知られていないことだが、光があるからこそ物が見える。

精霊の力をもってすれば過去の光も目にできる。つまり過去を見ることができる。

キャシーは今、かつてそこにあった光を再現し、過去の光景を映し出しているのだった。

「エメリア……ローラン……」

ベッドに腰掛けているのは、二十年前のドリエル伯爵夫人と生まれたばかりの末子のようだ。

視界の端から三人の子供たちが駆け寄ってくる。小さなマリエナと、その兄ルイス。

「……テオドール」

子供たちの中で一番背の高い男の子が、亡くなった長男だった。

三人で生まれたばかりの小さな弟をのぞき込んでいる。

少しすると、エメリアが呆然《ぼうぜん》とする伯爵を見てゆっくりと口を動かした。

過去の光を見せているだけなので音はない。

けれど呼ばれたことが分かったのだろう。伯爵はのろのろと腕を伸ばす。

今の伯爵と重なるようにして、二十年前の若い伯爵がエメリアに歩み寄った。

興奮する子供たちをたしなめ、大事を終えた妻をねぎらい、妻に抱かれる赤ん坊を感慨深そうに見つめている。

――でも喜んでいられたのは一日もなかったかな。

ルイスは言った。けれど、皆が喜び、笑っていた時間は確かにあったのだ。


「ハァ～！　モウ、ダメ！」

「ありがとうキャシー。お疲れさま」

気の抜けるような精霊の声と同時に目の前の光景がぱっと消え去り、部屋は元の暗さに戻った。

カメラを抱えて浮いていたキャシーがよたよたと降りてくる。

ラフィーナは止まり木のように肩を貸し、カメラを受け取った。

はめ込まれたガラス板を取り出して、ベッドから視線を外そうとしない伯爵に差し出す。

「もしよろしければ、これをどうぞ、伯爵」

「……っ！」

ガラスに写し出されたのは、父と、母と、四人の子供たちが全員揃った光景。

最初で最後の家族写真だ。

受け取った伯爵は写真を胸に抱き、吠《ほ》えるように叫んだ。

＊

写真を受け取った伯爵とマリエナは身を寄せ合って肩を震わせ、ルイスは天井を見上げたまま動かなくなった。

「この写真をいただけるのであれば、私は地下鉱山発掘にも遠洋漁業にも従事してみせましょう」

彼らをそっとしておこうと扉に向かったラフィーナとベリオンを呼び止めたのは、やはり伯爵だ。

父に並んで、息子と娘まで頭を下げている。

ベリオンも妻の発言を思い出したかのようにラフィーナを見た。

「強制労働か……本気なんだな、ラフィーナ？」

「働いてもらいたいとは考えてますけど、発掘とか漁業とか何の話です⁉」

「では、私は一体何を……？」

焦ったラフィーナは、ひとつ咳払《せきばら》いをして心を落ち着けた。

「ドリエル伯爵には、平民の子供たちに勉強を教えていただきたいんです」

「は？」

ラフィーナがアルガルドに嫁いですぐの頃に教会の裏庭で行っていた青空学級が発端となって、教育事業が始まっている。

平民の子を対象にしているので生徒数が多い。教師はいくらいても足りないくらいだ。

「そしていずれは、私たちの子の先生にもなってほしいと考えています。どうでしょう、ベリオン」

「なるほどな……まぁ、君がそう言うのなら……」

「お、お二人揃って何をおっしゃいますか！　私のような罪人に教鞭《きょうべん》を取る資格など、もう」

「資格なら十分ではありませんか。ルイス様にマリエナ様、そしてベリオンを見れば明らかです」

兄妹は母を亡くしても礼儀正しく朗らかに育ち、ベリオンは辺境の主として申し分ない能力と人柄だ。親や師として関わったドリエル伯爵の影響であることは間違いない。

「みんな素敵な方です」

「……これのどこが罰でありましょうか」

「あら、罰だなんて。私たち女同士で楽しく過ごしていただけですよね、マリエナ様」

じっと見つめていたら、マリエナは真っ赤に充血させた目を瞬《しばたた》かせながら、ぎこちなく頷いた。

権力はこういうところに使いたいものだ。

伯爵は写真ごと手を胸に当て、ベリオンとラフィーナの前に跪いた。

「身命を賭してそのお役目、全うしてみせます！」

ベリオンは深く頷いた。ルイスとマリエナはうるうるとした瞳でこの光景を目に焼き付けている。

身体を張ることはあるかもしれないが、命は賭けないでほしい、とは言い出しにくい厳《おごそ》かな空気になってしまった。

三人揃って跪くドリエル一家をなんとか立ち上がらせれば、今度は大団円という雰囲気だ。

けれどラフィーナは一人、異変を感じ取っていた。

急に黙りこくったラフィーナをベリオンがのぞき込んでくる。

「どうした？」

「あの……」

「うん」

「……お腹が痛い……」

「うん⁉」

意識していなくてもやはり、常にない事態に緊張していたのだろう。

それが解けた瞬間、別の緊張が全身を覆った。

「う、生まれるかも……！」

「え、なっ、予定日はまだ先だろう⁉」

気のせいにはできない腹痛に全神経を集中させるラフィーナの横でベリオンが慌てているのが分かる。

無意味に手を出したり引っ込めたりを繰り返しているのだが、落ち着いてほしいと言葉にする余裕がない。

そんな中で誰より早く動いたのは、ドリエル伯爵だった。

「ルイス、今すぐ使用人たちに伝えろ。絶え間なく湯を沸かし、屋敷中の清潔な布を集めるんだ」

「わか、分かった！」

「マリエナは奥様をベッドに。お側で励《はげ》まして差し上げろ」

「だっ、大丈夫よラフィーナ様。絶対に、絶対に大丈夫よ！」

ラフィーナを励ますマリエナの声は、その後すぐの大声にかき消える。

「今すぐ医者と産婆を呼べぇっ！」

今の今まで地の底に穴を掘って落ち込んでいたような男の声とは思えないほど張りのある声が、屋敷中に響き渡ったのだった。

＊

ベリオンは何もできず、部屋に立ち尽くしていた。マリエナには容赦なく「邪魔」と言われた。

婚約していた頃もこんなにはっきり邪険に扱われたことはない。

走り回るメイドたちにも意味ありげな視線を向けられた。

布や湯を張ったたらいを手に、それでも領主相手だからと目礼して足早に去る彼女たちを見てようやく、自分が本当に邪魔になっている自覚が芽生える。

「領主様。男にできるのは、妻を信じて待つことのみ」

達観した様子でそんなことを言うドリエル伯爵とルイスの後に続き、伯爵の執務室へ入る。

すぐにビクターが駆けつけた。一緒に来たラフィーナ付き侍女のイスティはお産を手伝いに行ったそうだ。

無事に生まれたと聞かされたのは、一睡もできずに迎えた明け方だった。

全力で走り、あのままお産に使った女主人の部屋へと戻る。

「ラフィーナ！」

たいした距離ではないのに息を切らせたベリオンをマリエナが迎える。

彼女は腕に小さなものを抱えていた。布に包まれたそれが差し出される。

「抱いてあげてください」

しばらく差し出された布を見ていたベリオンは、次にあたりを見回した。

マリエナの表情は硬く、なぜか室内は静まりかえっている。様子がおかしい。

「ラフィーナは無事か？」

ベッドにはぐったりとしたラフィーナが沈んでいた。

イスティに汗ばんだ肌を拭われながら、荒い呼吸を必死に落ち着けているようだ。

「奥様は体力を消耗されてはいますが、出血は想定の範囲内でございました。しっかり養生すれば問題ないでしょう。お子様も今は泣き止《なや》んでおりますが、とてもお元気です」

「そうか」

ドリエル伯爵に呼び出された医者が淡々と答える。

ベリオンはようやく安心してマリエナの腕から布を――布に包まれた赤ん坊を受け取る。

そして、息を呑んだ。

「……これは」

鱗だ。

布から垣間見《かいまみ》える我が子の皮膚が。目を閉じている顔が。小さな手が、腕が、足が。どう見ても鱗だった。

信じられない思いで頭に触れてみれば、産毛《うぶげ》の中に皮膚とは違う硬いものがある。

まだほとんど伸びていない角だ。

布に隠れて見えないが、抱いた腕には尻尾のようなものが当たる感覚もあった。

愛する妻との間に生まれた我が子は、人の子ではなく、バケモノの子だったのだ。

「………………」

血の気が引いた。

忘れてはいけない。ベリオンは呪われている。

写真で人の姿に戻ることができるようになったとしても、呪いが解けることはないと知っていたはずなのに。

それどころか我が子にまで受け継がれてしまうものだとは、想像もしていなかった。

（……浮かれすぎていた）

仮初《かりそめ》でも人の姿に戻り、ラフィーナと心を通わせることができたからといって、それ以上を望むべきではなかったのだ。

ベリオンはもう、ただの人ではない。人と同じ幸せなど起こりえない。

「……ベリオン？　赤ちゃんは？」

未《いま》だぐったりとベッドに横たわるラフィーナの声がベリオンを現実に引き戻す。

今一度、腕の中の我が子を見下ろした。

小さな爪は黒く、鱗は青や紫が混ざったような色。一瞬開いた目は濃い緑色に見えた。

父親によく似ているが、うっすら生《は》える産毛は母親と同じ金色だ。

その中にまだほとんど平べったい角が覗いている。ベリオンと同じく、真っ黒の角が四本だ。

「ほやっ、ほやっ、ほにゃあっ」

「よかった、元気そうで。まだ赤ちゃんを見せてもらってないんです。こちらに来てもらえませんか？」

「あ、あぁ」

命がけで産み落とした子がバケモノだと知れば、さすがのラフィーナも正気ではいられないかもしれない。しかし、母親に赤ん坊の顔を見せないわけにもいかない。

恐る恐るベッドの側に近づく。ぎこちない動きで腕に抱いた子をラフィーナに見えるよう動かすと、妻は目を見開いて固まってしまった。

「…………」

「…………」

誰も、何も言えなかった。

重苦しい雰囲気の中、ラフィーナの身体がプルプルと震え出す。

「なんて……」

「……ラフィーナ、その……」

この子は間違いなくベリオンとラフィーナの子だ。

人でもバケモノでも、ベリオンにとっては会ったばかりの我が子がすでに愛おしくてしかたない。

だからこそ、ラフィーナに拒絶されたらと思うと、心が張り裂けそうで――

「なんてかわいい子なの⁉」

「あぁ……え？」

手が差し出されたので、ベリオンは妻の顔の横に赤ん坊を寝かせた。

ラフィーナはすぐさま小さな命を抱きしめる。

「会いたかった……私たちのかわいいトカゲちゃん」

その言葉の意味を理解した瞬間、ベリオンの全身から力が抜けた。

同時に、ほぼ無意識に呟いていた。

「女神はここにいたのか……」

その場にいたラフィーナ以外の全員が、ベリオンの言葉に頷いたのだった。


赤ん坊はすくすくと育った。

医師も産婆も生まれた子は健康であると言うが、ベリオンはラフィーナに内緒で獣医も呼んだ。

爬虫類《はちゅうるい》は専門ではないのですが、とぼやく獣医は物珍しそうにアルガルドの跡取りを診る。

「卵を産んだのではないのですね。非常に健康なオ……男児でございます」

「今オスって言おうとしただろ」

息子は本当に健康そのものだった。健康すぎた。

比喩《ひゆ》ではなく生まれたその日から走り回り、生後三日目にはラフィーナの友人アルマが作った木馬に跨《また》がり騎士気取りだ。

気の早すぎるドリエル伯爵が贈った大量の本には目もくれず、城内のあちこちに登り、ぶら下がり、飛び降りては城の人間の寿命を縮めている。

そこら中に柔らかな絨毯《じゅうたん》が敷かれ、角《かど》のあるものや鋭利なものは徹底的に排除されていく。

内装が様変わりしたのは息子のためというより、肝《きも》を冷やし続ける使用人たちのためだ。

バケモノとして生まれた息子だったが、ベリオンの時と同じように恐れる人間はいなかった。

どんな生き物でも子供とはそれだけでかわいく見えるものらしい。

誰にも遠慮することなく存分に暴《あば》れまわって体力が尽きると、ササミと一緒に丸くなって昼寝している。二匹を見かけた人間は誰もがそっと微笑むだけだ。

息子には見えていないようだが、精霊たちにもかわいがられているのだとか。

なお、例の研究者たちは騒がしいので、ベリオンが父親として責任を持って追い払っておいた。


そんなめまぐるしい日々のさなか、マリエナがアルガルド城を訪ねてきた。

彼女の隣には一人の男性が寄り添っている。マリエナの夫らしい。

「もう帰ってしまうんですか？　寂しくなります」

「そう言ってもらえて嬉しいわ。せっかくだからもう少しこっちにいようかしら？」

「やめてくれ！　ぼかぁ君がいない生活にはもう一日だって耐えられないよ！」

「分かってるわ。どうせお兄様の結婚式でまたすぐ来ることになりそうだものね。早く我が家に帰りましょう」

「あぁ、マリエナ！　僕を許してくれるのかい！」

「あなた！　私も悪かったのよ！　許してちょうだい！」

夫婦喧嘩で怒ったマリエナが、夫に痛い目を見せるつもりで実家に帰ってきた。

そこをドリエル伯爵がいいように勘違いをしたというか、利用したのが今回の件の発端だ。

喧嘩の理由は聞かないことにした。

「そういえば結局、マリエナ様のお話って……あっ」

ラフィーナの言葉は短い悲鳴に取って変わった。

大人しく寝息を立てていたはずの息子がするりと腕の中から抜け出して、ベリオンの頭によじ登ってきたからだ。

かと思えば捕まえる前に飛び降り、するりと窓を抜けて庭へとちょこまか走り去る。

「待って待って！」

「ラフィーナ、君は走るな。私が追いかける」

ベリオンは懐に入れていた写真を割り、角付きの姿へと戻る。

すばしっこい息子には人の姿では追いつけないのだ。

マリエナとその夫から悲鳴が上がるより先にぐっと脚に力を入れ、窓から外へと滑り出た。

なんとか捕まえた息子を子供部屋の小さなベッドに寝かしつけると、ラフィーナもすぐにやってきた。

「彼女の話、何だった？」

マリエナはラフィーナに話したいことがあったらしい。

しかし、何かしらの問題が発生してそれどころではなくなるということを繰り返していた、と聞いている。

ベリオンが去った部屋で会話が続いていたことは知っているが、内容までは異形の耳をもってしても聞き取れていない。

「それが結局、何も言わずに帰ってしまったんですよね。船の時間があるからって。でも、たぶん」

すうすうと寝息を立てる息子の顔をのぞき込みながら、小声で続ける。

「ベリオンに謝りたかったんじゃないかと思うんです。ずっとベリオンのこと見てるなって気になってたんですけど、今にして思うとあれ、申し訳なさそうな顔でしたから」

「謝るって、何を？」

「ベリオンが呪われてすぐに婚約を解消したこと、でしょうか」

「あぁ……」

「でも、今さら謝るのも何か違うじゃないですか。だから本人の代わりに私に言おうとしたのかなって」

「そうか」

「反応薄いですね」

確かに当時は思うところもなくはなかったが、今となっては過去のことだ。

それよりもベリオンは別のことに興味がある。

「君、彼女の視線が気になっていたのか。ずっと私を見ていたから？」

「だ、だって」

「君も嫉妬《しっと》するんだな」

ベリオンが晩餐会の出欠を悩んでいた時、ラフィーナは「元婚約者のことは気にしない」とあっさり言ってのけた。

その数日後には「ラフィーナもベリオンが愛人を持つことを望んでいる」などと聞かされたのだ。

何かの間違いだと思ったし、実際に間違いだったのだが、あの時に受けた衝撃は筆舌に尽くし難《がた》いものがある。

「しますよ、人並みには」

「本当に人並みなら私も嬉しいんだが」

思い返してみると、ベリオンはいつだって袖《そで》にされ続けていたような気がする。

籍だけは先に入れていたから良かったものの、そうではなかったら、ラフィーナは今頃ここにいない可能性がありそうだ。

（いや、大いにあり得る）

想いを通じ合わせているはずの今ですら、ラフィーナとの間には温度差があるような気がしてならない。ベリオンばかりがラフィーナに恋をしているのだ。

こっそりため息をついていると、隣のラフィーナがもう一歩寄って肩をくっつけてきた。

「どこの世界のいつの時代だろうと、ベリオンのいる場所が私の生きる場所なのに……あれ、こんなことを言うと、人よりちょっと重いですよね……」

「…………」

まだ写真を撮り直していなくて良かった。

人の姿であれば、一気に集まった血のせいで顔が赤くなっていたかもしれない。

しかし緩んだ口元は見られていたらしい。

じわじわと照れ始めたラフィーナがそれでも離れようとしないので、ベリオンの口元はますます緩む。

「と、ところでベリオン。そろそろじゃないかと思うんです」

ラフィーナの視線が息子に戻る。

今日この日まで、息子は生まれたままの姿で育てられてきた。

成長に伴い、生まれた時にはたんこぶ程度しかなかった角も伸びてきている。しかし最近は伸びた角が寝返りの邪魔になっている様子だ。

そろそろ写真を撮ってみてもいいのではないか、とラフィーナが提案したのだった。

「そうだな」

昼寝している息子のどことなく窮屈そうな表情を見てベリオンも重く頷いた。

最終的には横になって眠ることもできなくなることを、ベリオンは身をもって知っている。

どこからともなくカメラが現れて、音もなく眠る息子の写真が撮られる。

尻尾を摑《つか》んだまま丸まって眠っていたトカゲの子は、瞬く間に人の子へと姿を変えた。

「……よかった」

無事に普通の人と同じ姿になった息子を見て心の底から安堵《あんど》する。

どんな姿形でも愛する息子であることに変わりはないが、ごまかしようのない容姿での苦労はしてほしくなかった。

「この姿になってもあんまり顔立ちは変わらないんだな」

透明なガラス板に写る息子と目の前の息子を見比べる。

「ベリオンだってそうですよ」

「そうか？　自分ではよく分からなかった」

バケモノ辺境伯と呼ばれていた頃は好き好んで鏡など見ないから知らなかった。

今度よく見てみようかと、少し興味がわいてくる。

人の姿で眠る息子を眺めながらとりとめのない会話を続けていると、息子がぱちりと目を開けた。

両親の話し声がうるさかったのか、握っていた尻尾が消えてしまったからか。

どうやら後者だったらしい。小さな手が尻尾を探して彷徨《さまよ》っている。

目的のものが見つけられないと知ると、起き上がって確かめようとして——失敗した。

上手《うま》く立てず毛布に転がり、それどころか寝返りすらできなくなっていることに気がつき、幼い顔に絶望が張り付く。

「ふえっ……えっ、えええええんっ！」

「あら、泣いちゃった」

「思ったように動けなくて驚いたんだろうか」

生まれたその日から好き放題に動き回れていたのに、人の姿になった途端何もできなくなってしまったのだ。

混乱と悲しみと怒りと、様々な感情を抱えていることだろう。つまり最高潮に不機嫌なのだ。

その日を境に今までほとんどなかった夜泣きがひどくなったが、目を離した瞬間にどこかへ走り去っているよりは遥《はる》かにマシだった。

貴族ながら自らの手で子育てしているラフィーナも、彼女を補佐する乳母や侍女たちも、明らかに顔色が良くなった。


そして、今年も収穫祭の日を迎える。

眼下に広がる街並みは、陽が落ちるのと入れ替わるように徐々に光を放ち始めた。

息子を腕に抱いた妻を横目にベリオンは思う。

(広がる街だけではなく、増えていく家族も初代の楽しみだったのだろうな)

感慨深さを胸に息子ごと妻の肩を抱き寄せる。

それと同時に、ラフィーナが「あっ!」と大声を出した。

「な、ななななんっ、何ですかあれはっ!」

「ん? あぁ」

叫ぶラフィーナが震える指先で示したのはアルガルド城だ。

収穫祭の日には毎年画家が思い思いの模様を描いているが、今年はひと味違う。

「期待以上に見事な絵を描いてくれたな」

真っ白な壁に光る塗料で描かせたのは、聖なる母ラフィーナ像である。

生まれたばかりの息子を腕に抱き、愛おしそうに視線を落とす瞬間を切り取っていた。

もちろん、隣で震える本物には遠く及ばないが。

「これからは毎年、妻子の絵を描いてもらおうと思うんだ」

未来の領主については領民の関心も高い。

毎年の成長を知らせるのに良《い》い方法だとビクターも絶賛していた。

「絶っ対にやめてえええ！」

顔を真っ赤に染めたラフィーナの声がこだますると同時に、精霊の光がふわりと舞い上がった。

「あっ、あーうっ、うきゃっ」

妻の悲鳴は、領民の歓声と息子のご機嫌そうな声にかき消えたのだった。

あとがき

こんにちは、はじめまして。三糸《みいと》べこと申します。
『転生令嬢、結婚のすゝめ～悪女が義妹《ぎまい》の代わりに嫁いだなら～』を手に取ってくださり、ありがとうございます。

このお話はとにかく書くのが楽しくて、自分史上最速のスピードで書き上げた記憶があります。……といっても、その前に九万字くらい書いて、全部ボツにしたのですが。プロットも変更に変更を重ね、最初のアイデアはほとんど残っていなかったりします。最速とは。

何はともあれ、こうして書籍として綺麗にまとまり、皆様にお届けできたことを、今さらながらにほっとしております。

書籍化にあたり物語のその後を書き下ろしさせていただきましたが、ここではさらに未来の話を少しだけお伝えしたいと思います。ネタバレを含みますのでご注意ください。

二人の間に生まれた長男。父の呪いを受け継いでしまったせいでそれなりに苦労しますが、母があんな感じなので自己肯定感が高めです。また、生まれた時から角付きだったこともあり、成長後も角付きの方が落ち着くようです。地元愛が強い子に育ちます。

長男誕生の数年後には、かわいい娘にも恵まれます。この子に呪いはありません。たぶんきっと父親似ですね。赤い髪のアルガルドのお姫様として皆に愛されて育ちます。彼女も家族や使用人たちが大好き。ラブラブな両親に憧れていますが、恋愛には奥手です。

イスティは乳母、ビクターは子どもたちのじいやとして生涯現役。アルマはラフィーナと一緒にいろいろなものを作っています。お城には使用人も猫も増えました。

最後になりましたが、この作品を見つけてくださったコミカライズの担当様、何も知らない私にいろいろなことを教えてくださった書籍の担当様、難しいヒーローと、いつもおしゃれでかわいいヒロインを描いてくださった佐木田《さきた》すい先生、この本の出版に関わってくださったすべての方に感謝申し上げます。

また、「小説家になろう」で応援してくださった読者の皆様。私の夢が叶ったのは皆様のおかげです。本当にありがとうございます。

そしてこの本を手に取ってくださったあなたには、心からの感謝を申し上げます。あなたに何か素敵なことがありますように。これからも素晴らしい物語とたくさん出会えますように。

それでは、またいつか、どこかでお会いしましょう。

三糸べこ

Kラノベブックスf

転生《てんせい》令嬢《れいじょう》、結婚《けっこん》のすゝめ
～悪女《あくじょ》が義妹《ぎまい》の代《か》わりに嫁《とつ》いだなら～

三糸《みいと》べこ

2025年4月30日第1刷発行

発行者	安永尚人
発行所	株式会社 講談社 〒112-8001　東京都文京区音羽2-12-21
電　話	出版　(03)5395-3715 販売　(03)5395-3608 業務　(03)5395-3603
デザイン	ムシカゴグラフィクス
本文データ制作	講談社デジタル製作
印刷所	株式会社KPSプロダクツ
製本所	株式会社フォーネット社

ISBN978-4-06-538266-0　N.D.C.913　301p　19cm
定価はカバーに表示してあります

ファンレター、
作品のご感想を
お待ちしています。

あて先
〒112-8001　東京都文京区音羽2-12-21
(株) 講談社　ライトノベル出版部 気付
「三糸べこ先生」係
「佐木田すい先生」係

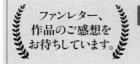

Kラノベブックスf

死に戻りの幸薄令嬢、今世では最恐ラスボスお義兄様に溺愛されてます

著：柚子れもん　イラスト：山いも三太郎

義兄に見捨てられ、無実の罪で処刑された公爵令嬢オルタンシア。
だが気付くと、公爵家に引き取られた日まで時間が戻っていた！
女神によると、オルタンシアの死をきっかけに義兄が魔王となり
混沌の時代に突入してしまったため、時間を巻き戻したという。
生き残るため冷酷な義兄と仲良くなろうと頑張るオルタンシア。
ツンデレなお兄様と妹の、死に戻り溺愛ファンタジー開幕！